안티고네

Antigone

안티고네
Antigone

소포클레스 작 / 강태경 역

홍문각

차례

본문과 주석 안티고네

고서실 서가에서 해묵은 텍스트 하나를 끄집어 낸다.
거죽의 먼지를 툭툭 털고 무심히 책장을 열면
누런 종이 위에 박힌 옛 활자체 글자들이
시퍼런 섬광을 내며 일어선다.

소포클레스의 목양신극 〈이키누타이〉 원고의 고대 필사본

서문

〈안티고네〉의 여백과 침묵 : 고전과 현재 사이

I

당혹스럽다. 〈오이디푸스 왕〉을 번역할 때는 원문을 읽을수록 번역 문을 다듬을수록 모호했던 의미가 명료해져 갔는데, 〈안티고네〉는 파 고들면 들수록 애초에는 명료했던 것이 점점 모호해져 간다. 전자가 인간존재의 수수께끼를 풀어가는 작품이라면 후자는 오히려 그 수수 께끼를 더해가는 느낌이다. 왜 그럴까. 많은 학자들의 견해대로 작가 소포클레스의 경력상 10여년 먼저 쓰인 〈안티고네〉가 뒤에 올 〈오이 디푸스 왕〉에 비해 덜 성숙한, 허점이 많은 작품이라서?

문학 번역자라면 그 설명을 받아들여 '있는 그대로' 번역에 임할 수 도 있다. 하지만 공연을 전제로 한 번역이란 그럴 수 없다. 관객과의 일 회적 만남에서 승부를 갈라야 할 공연대본은 숙고된 '문학적 가치'와 는 별도로 즉각적이면서도 완벽한 하나의 세계를 구현해야 하기 때문 이다. 적어도 번역자의 머릿속에는 완벽한 시나리오가 있어야 한다. 그렇지만, 당혹스럽게, 번역을 마무리하는 단계에까지 허점, 아니 어 쩌면 여백이 많은 시나리오를 붙들고 있어야만 했다.

---

* 이 책에 실린 〈안티고네〉 원작 번역본은 국립극단 공연(2012년 4월)을 위한 대본으로 처음 번역되었다. 이 서문은 공연 프로그램의 "역자의 말"을 옮겨와 첨언한 것이다.

II

아가멤논의 황금 마스크를 쓴 두 인물이 광장의 가설무대 위에 마주 서 있다. 수만의 구경꾼들이 무대를 둘러싸고 있다. 구경꾼들의 희번덕거리는 눈동자 앞에서 두 사람은 열띤 논쟁을 벌인다. 정치의 윤리학과 애도(哀悼)의 정치학에 관한 그들의 한 치 양보 없는 논쟁이 생사를 가르는 전투가 되어 두 사람을 상호괴멸의 지점에까지 밀고 가기 직전, 짧은 인터미션(intermission)이 주어진다. 무대에서 내려와 각자의 분장실로 들어선 두 사람이 무거운 가면을 벗으면, 채 식지 않은 논쟁의 열기로 일그러진 그들의 얼굴이 드러난다.

땀으로 흥건히 젖고 실핏줄의 출혈로 붉게 얼룩진 그들의 얼굴에서 인간의 표정을 식별하기란 어렵지만, 그럼에도 불구하고 밀폐된 분장실을 가득 채우는 그들의 거친 숨결은 인간의 뜨거운 열망과 섬뜩한 불안을 함께 담고 있다. 가면을 쓰고 다시 무대에 오른 그들의 논쟁이 한층 가열되는 가운데 흐르는 피와 땀이 가면을 내부로부터 부식시키기 시작한다. 찬란한 황금빛 가면이 녹슨 놋쇠 가면으로 변해간다. 마침내 가면이 땅에 떨어지면 피투성이의 두 얼굴만이 무대 위에 남는다. 가면의 위용에 취해있던 구경꾼들이 그 참혹한 얼굴들에서 발견하는 것은 눈 먼 '짐승'이다. 그 모습에 구경꾼들도 제 눈을 가리고 놀란 새떼 마냥 일거에 공중으로 뿔뿔이 흩어진다.

III

〈안티고네〉를 두고 헤겔은 역사와 정신의 변증법을 말했지만 역자는 그 변증법의 그늘에 더 눈길이 갔다. 이 극에 정(正)과 반(反)이 존재

11

한다면 그것은 명징하기보다는 모호하기 때문이며, 그 합(合)은 복잡
다단한 인간의 역사 안에서는 근원적으로 불가능하거나, 불가사의한
인간의 정신 안에서는 종종 무(無)에 이르기 때문이다. 〈안티고네〉의
치열한 쟁투에서 헤겔은 인류 역사의 여명을 보았지만 역자는 그 황혼
을 느꼈다. 근대유럽의 태동을 진맥하던 철학자와는 달리 현대세계의
갈등에 더 민감한 오늘날의 번역자는 이 극에서 그 오랜 쟁투에서 아
무 것도 배우지 못한 인간의 맹목성을 발견하기 때문이다. 그 맹목성
의 근원이 무엇인가에 대해 침묵을 지키면서도 〈안티고네〉가 분명히
말해주는 것은 어둠 속에서 인간은 아무 것도 볼 수 없고 빛 속에서도
종종 환영만을 본다는 것이다.

IV

번역자의 소임을 극의 발화에 국한시킬 수도 있겠지만, 공연을 위
해서는 극의 침묵 언저리에 떠도는 미세한 목소리를 어떻게든 포착하
고 싶었다. 원작이 남겨둔 여백으로부터 희미한 흔적이라도 걷어 올리
고 싶었다. 고전의 여백에 현재의 풍경이 아스라이 담겨 있고 고대로
부터 들려오는 목소리가 우리 동시대의 꿈과 좌절을 담담히 말해주리
라는 믿음으로.

그렇게 걷어 올린, 근친상간에 의해 태어난 자식들의 자기파괴적
욕망과 개인/공동체를 성립시키는 동시에 비인간화하는 정치권력, 그
리고 신념이든 이해(利害)든 유아(唯我)적 사고에 매몰된 이 시대 우리
의 모습이, 각색과 연출을 통해 인간의 존재론적 불구성(不具性)으로
다시 번역되는 것을 지켜본다. 그 번역은 또한 이 극의 유구한 공연사
와 해석적 전통을 뛰어넘어, 시민/민중이라는 제3의 주인공이 새롭게

등장하는 창조적 번역이기도 하다. 마지막 번역은 관객의 몫이다. 공연을 통해 〈안티고네〉의 여백과 침묵이 관객들에게 짙은 그림자와 깊은 울림으로 다가서길 간절히 염원한다.

V

공연을 마치고 출판을 위해 번역을 마지막으로 다듬는 과정에서 적지 않은 분량의 주석을 더하게 되었다. 아무리 뛰어난 공연도 원작에 잠재된 의미의 전모를 다 드러낼 수 없다는 익숙한 사실은 물론, '읽을수록 모호해져가는' 이 작품의 '수수께끼'가 안티고네의 낯선 욕망에서 연유한다는 희미한 깨달음 때문이다. 그래서 덧붙인 주석이 정신분석학보다는 그리스적 상상력에 대한 니체의 명제를 더 닮아 있음은 인간존재의 수수께끼를 담기에는 과학적 언어보다 신화적 언어가 더 넉넉한 그릇임을 믿는 역자의 선입견 때문일 것이다. 인간의 존재 자체가 어떤 명료한 설명틀에 담기에는 언제나 넘치거나 또는 부족한 존재이므로.

미완의, 미완일 수밖에 없는
안티고네를 생각하며
역자 강태경

배경

1 / 고대 그리스 연극
"인간은 만물의 척도"

〈안티고네〉가 최초로 상연된 아테네의 디오니소스 극장

기원과 발달

　　서구 연극의 기원이면서 동시에 가장 뛰어난 예술적 성취로 손꼽히는 고대 그리스 연극은 기원전 6세기 중반 아테네(Athens)에서 행해진 "디오니소스의 도시(City Dionysia)"라는 축제의 일환으로 자리 잡으면서 발흥했다. 이 축제는 10개 부족 공동체의 연합으로 형성된 도시국가(polis) 아테네가 그 구성 부족들 간의 화합을 도모하기 위해 매년 봄 거행했던 국가적 행사였고, 기원전 5세기 아테네가 그리스 전역의 정치적 중심지로 발전하면서 다른 도시국가들이나 지중해 연안의 나라들에서도 참관객들이 찾아옴으로써 국제적 행사의 면모를 띠게 되었다.

　　축제기간 동안 연극은 경연 형식으로 이루어졌는데, 비극 3편과 목양신극(Satyr Plays: 반인반수의 목양신들이 등장하는 노래와 춤으로만 이루어진 연극) 1편, 또는 희극 3편과 목양신극 1편이 하나의 작품으로 출품되었고, 10 부족의 대표자들이 심사위원으로 참가하여 투표의 형식으로 그 우열을 가렸다. 원칙적으로 국가의 재정적 보조로 모든 제작이 이루어졌으나 유력한 시민 개인이 후원자로 작품 제작의 경비를 대는 경우가 많았다. 배우와 합창대, 그리고 종종 연출가의 역할까지 해내야 했던 극작가 모두가 일반 시민들로 이루어져 있었으며 관극은 시민의 의무이기도 했다.

　　이러한 제도적 정착 이전의 기원에 대해서는 여러 이론이 있다. 호머 이후(기원전 8세기)『일리어드』(Illiad)의 영웅담들을 음유시인들이 연극적으로 부분 재현한 데서 비롯되었다고 하기도 하고, 그보다 더 오래 전 각 지방에 연원을 둔 영웅숭배 제의들에서 발전되었다고 하기도

18

한다. 아마도 가장 유력한 이론은 아리스토텔레스(Aristotle)가 『시학』 (The Poetics)에서 밝히고 있는 바, 기원전 6세기까지도 그 흔적이 발견되는 풍요의 신 디오니소스(Dionysus)의 숭배제의인 디씨램(Dithyramb)이 그 모체라는 설이다. 주로 영웅설화를 다루는 그리스 연극의 제재적인 측면은 전자의 이론이, 다수의 합창대(코러스)와 가면을 쓴 배우, 그리고 희생제의적 구조 등 공연적 요소는 후자의 이론이 각각 잘 설명해준다는 점에서 이러한 다양한 기원이 제도적 정착 단계에서 융합된 것이 아닌가 한다.

작가와 작품

　　　　수세기에 걸쳐 이루어졌던 "디오니소스의 도시"에 출품된 작품은 적어도 천여 편을 상회하겠지만, 오늘날 현존하는 희곡은 다섯 명의 작가에 의한 47편에 불과하다. 다음은 그 작가들과 오늘날까지도 빈번히 공연되는 그들의 대표작들이다.

• 비극

아이스퀼로스(Aeschylus, 기원전 525-456) :

　〈아가멤논〉〈제주를 바치는 여인들〉〈자비의 여신들〉(이상 "오레스테스 3부작")〈결박된 프로메테우스〉〈페르시아인〉〈테베를 향하는 7인의 용사〉〈탄원자들〉

소포클레스(Sophocles, 496-406) :

　〈오이디푸스 왕〉〈안티고네〉〈콜로노스의 오이디푸스〉(이상 "테베 3부작")〈엘렉트라〉〈트라키아의 여인들〉〈아이작스〉〈필록테테스〉

유리피데스(Euripides, 484-406) :

〈메디아〉〈트로이의 여인들〉〈바커스의 여신도들〉〈안드로마케〉〈엘렉
트라〉〈아울리스의 이피게니아〉〈타우리케의 이피게니아〉〈히폴리투
스〉

비극의 경우, 현존하는 세 작가의 작품들은 아테네가 가장 흥왕했
던 기원전 5세기 중후반에 걸쳐 분포되어 있고 그 중 몇 편은 기원전 4
세기에 이르기까지 숱한 재상연의 기록을 남길 만큼 당대의 평가도 높
았던 작품들이다. 역사적 사실을 극화한 아이스퀼로스의 〈페르시아인
들〉을 제외하면 현존하는 모든 비극 작품은 그리스 신화와 호머의 서
사시, 또는 민간 설화들을 극화한 것이다.

다양한 소재에도 불구하고 이들 비극작가들의 작품이 공통적으로
보여주는 것은 운명에 맞서 싸우는 개인의 모습이다. 어머니를 살해
한 죄의식에 사로잡힌 채 운명의 여신들에게 쫓겨 다니는 도망자(아이
스퀼로스의 "오레스테스 3부작"), 신들의 의지에 항거하는 또는 신적 차원
으로 도약하려는 영웅적 인물(소포클레스의 〈오이디푸스 왕〉), 혹은 전쟁

| 아이스퀼로스 | 소포클레스 | 유리피데스 |

의 참화 끝에 생존한 참담한 여인의 모습(유리피데스의〈트로이의 여인들〉) 등, 다양한 양상으로 나타나는 비극적 주인공들은 그들에게 주어진 운명의 굴레를 벗어나려고 몸부림친다. 제우스를 위시한 올림푸스 신들이 표상하는 초월적 운명 앞에 마주선 한계 지워진 존재로서의 인간, 그것이 그리스 비극을 관통하는 핵심적인 이미지이다.

하지만 이 공통된 이미지를 둘러싸고 펼쳐지는 상기한 세 비극작가의 주제의식은 기원전 5세기 아테네의 사회적 변천과 시대정신의 변화를 순차적으로 그리고 대조적으로 조명하고 있다. 부족 연합으로서의 도시국가 체제가 막 제도적 정착기에 접어든 세기 초반의 아이스큘로스는 새로운 국가 질서의 수립이라는 시대적 요구를 집단 윤리로서의 종교에 수용, 개인으로서의 인간이 운명에 굴복하며 동시에 수긍하는 모습을 그려낸다. 그의 작품에서 신의 의지 또는 신탁은 — 그것은 동시에 도시국가의 법적 질서에 형이상학적·윤리적 토대를 제공하는 것인데 — 분명하고 거역할 수 없는 절대적인 것이다.

30년 정도의 간격을 두고 등장한 소포클레스는 공동체적 질서라는 전통적 가치가 새롭게 태동하는 인본주의적 가치에 의해 도전 받는 모습을 묘사하기 시작한다. 신의 의지를 거역하는 '뛰어난 개인'의 출현과 함께 신탁 자체가 이제는 이중적이거나 모호한 어떤 것으로 변화한다. 말하자면 공동체적 가치인 '법과 정의'가 자유를 추구하는 개인적 주체에게 억압으로 작용하는 것이다. 그러나 극의 결말에서 그 '뛰어난 개인'의 파멸을 통해 소포클레스가 다소 보수적인 관점을 유지하고 있다면, 동시대인인 유리피데스는 신탁이 사라진 세계에서 상대화될 수밖에 없는 개인적 가치들의 충돌을 긍정적으로 표현함으로써 진보적인 관점을 제시한다. 인간은 더 이상 종교적 속박이나 집단적 윤리에 예속되지 않는 자유로운 존재로 — 물론 그 자유는 대가를 요구하기는 하지만 — 새롭게 태어난다. 유리피데스 사후 몇 년이 지나지 않아 철학자 프로타고라스(Protagoras)는 "인간은 만물의 척도이다"라는 선언으로 고대 그리스 인본주의의 요체를 명료화했다.

• 희극

아리스토파네스(Aristophanes, 450-385) :
〈구름〉〈평화〉〈개구리들〉〈새들〉〈리시스트라타〉〈벌〉 등
메난드로스(Menandros, 342-280) :
〈사모스의 여인〉〈방패〉〈농부〉〈사기꾼〉〈불평꾼〉〈영웅〉〈아첨꾼〉 등

비극에 비해 다소 늦게 출현한 희극의 경우, 현존하는 두 작가의 작품은 거의 한 세기의 간격을 두고 있다. 유리피데스와 동시대인인 아리스토파네스의 작품을 "구희극"이라 분류하는데, 전쟁, 교육, 세금 문제 등 사회 정치적 쟁점들이 그 주된 소재이며, 위정자들을 위시한 사회의 엘리트 집단의 우둔함과 부패상을 풍자함으로써 상식에 입각한 온전한 사회의 회복을 그 주제로 삼는다. 사회적 비판의식을 근간으로 하는 구희극과는 매우 대조적으로, 기원전 3세기 후반 메난드로스의 "신희극"은 결혼, 질투, 탐욕, 허영 등 개인적 도덕률에 관한 문제를 가정 희극의 형식에 담고 있다. 사랑하는 두 남녀가 나이 많고 부유한 구혼자를 강요하는 부모의 반대에 부딪혀 겪는 우여곡절, 서로의 뜻을 관철하기 위해 동원되는 계교, 오인에 의해 빚어지는 우스꽝스러운 상황 등, 오늘날까지도 지속되고 있는 희극의 공식이 이 신희극에서 유래된다.

아리스토텔레스는 그의『시학』(기원전 350년경)에서 비극의 구성 요소를 플롯, 대화, 주제(사상), 성격(인물), 스펙터클(볼거리), 음악 등 여섯 가지로 정의했다. 그 가운데 극중 사건의 순차적 배열방식인 플롯을 "비극의 생명"이라고 아리스토텔레스는 강조했는데, 그것은 내러티브를 기반으로 하는 예술의 일반적 원리이면서, 동시에 당시 관객의 기대를 염두에 둔 것으로 보인다.

• 소재

비극의 소재가 널리 알려진 신화에서 얻어졌으므로 관객은 극의 제목만으로도 이미 내용의 개요를 알게 되고, 따라서 기지의 내용이 어떤 새로운 방식으로 이야기되는가가 관극의 초점이 된다. 예컨대, 상기한 세 비극작가는 모두 엘렉트라(Electra: 아가멤논의 딸이자 오레스테스의 누이)의 이야기를 극화했는데, 그들의 작품은 각각 사건 전개의 시점과 순서, 신화에 나타난 그 인물에 관한 특정 에피소드의 삽입과 삭제, 새로운 에피소드의 창안과 새로운 성격 창조 등에 있어서 큰 차이를 보인다. 물론 그러한 형식적 차이가 인물의 성격화와 극 전체의 주제의식의 차이를 수반한 것은 당연한 일이다.

• 플롯

아리스토텔레스가 이상적인 것으로 생각한 플롯은 소포클레스의 〈오이디푸스 왕〉과 같이 극이 위기적 상황 바로 직전에 시작하여 사건의 전개와 함께 감춰진 사실들이 점차 밝혀짐으로써 절정으로 치닫는 구성이다. 이 절정이 지금까지 전개되어 오던 상황의 단순한 결과로서가 아니라 상황의 "역전"(또는 급전: peripeteia)에 의해 이루어지고, 또 역전된 상황을 통해 어떤 중대한 사실 또는 진리에 대한 "인식"(anagnorisis)을 결과할 때 더욱 효과적인 플롯이 된다. 이에 더하여, 극중 상황이 시종일관 한 장소에서 진행되고 하루의 시간 안에 완결된다면 더욱 긴밀하고 압축적인, 그래서 강도 높은 극적 긴장감이 성취되는 최선의 플롯이라는 것이 그의 주장이다.

• 비극적 주인공

아리스토텔레스는 또한 비극적 주인공에 대해 "희극적 인물이 보통 이하의 인간이라면 비극적 인물은 보통 이상의 인간"이라고 정의한다. 이때 '보통 이상'이라는 것은 신분의 고귀함뿐 아니라 고매한 성품이나 뛰어난 지력 등 인격의 고유한 가치를 포함하는 의미이다. 더욱 중요한 것은 그와 같이 뛰어난 인물이 파멸에 이를 수밖에 없는 원인이 초월적 운명은 물론 그 인물의 성격 내부에서도 찾아져야 하는데, 그러한 치명적인 성격적 결함을 "비극적 과오"(hamartia)라고 부른다. 오이디푸스는 물론 안티고네와 크레온의 파멸 또한 그러한 비극적 과오에서 비롯된다.

• 대화와 합창

비극은 — 희극의 경우도 마찬가지인데 — 배우들의 대화로 이루어진 장면(episode)과 합창대의 노래와 춤으로 이루어진 장면(stasima: 원래 '장단'이라는 뜻)이 교체 반복되는 구성을 가진다. 배우들의 대화 장면은 주로 인물들 사이의 상반된 의지와 그로 인한 갈등을 드러내고 그 갈등의 전개를 통해 극중 상황의 진전을 가능하게 한다. 합창대의 장면은 주어진 상황을 일반적으로 설명하거나, 대화 장면에서 드러나는 갈등을 인간 의지의 대립 ('물리적 갈등')으로서만이 아니라 윤리적 가치의 대립 ('형이상학적 갈등')으로 제시하기도 하며, 노래와 춤의 리듬을 통해 극중 상황의 속도감과 분위기를 조절하기까지 한다.

• 카타르시스

아리스토텔레스는 비극의 바람직한 효과를 "연민과 공포의 카타르시스"(catharsis: 원래 '동종요법'이라는 뜻으로서 일반적으로 '정화작용'으로 번역됨)라고 정의했다. 관객은 비극적 주인공이 겪는 처참한 운명을 간접 체험함으로써 그러한 운명에 대한 공포감을 느끼는 한편, 실제로는 주인공의 운명에서 비켜서 있다는 안도감과 함께 주인공에 대한 연민을 동시에 느끼게 된다. 무대 위의 사건이나 인물에 대한 관객의 동일감과 거리감이라고 바꿔 생각해볼 수 있는 이러한 복합적 감정을 훌륭한 비극은 극대화하며 극중 상황의 결말과 함께 극복·해소시킴으로써 심리적 해방감과 동시에 일상적 차원을 넘어서는 고양된 의식을 비극 관람의 효과로 낳는다는 것이 그의 설명이다.

공연의
조건

오늘날 유적으로 남아있는 고대 그리스의 극장들
은 적게는 수천에서 많게는 수만의 관객을 수용할 수 있는 규모를 갖
춘 야외극장이다. 산비탈을 이용해 돌로 쌓은 계단식 객석 테아트론
(theatron: theatre의 어원)이 무대 공간을 반원형으로 감싸고 있으며, 객석
을 접하고 있는 반원형 또는 원형의 무대인 오케스트라(orchestra: 원래
'원형'이라는 뜻)는 주로 합창대의 활동 공간이 된다. 오케스트라와는 구
분되는, 뒷면에 벽을 쌓은 1~1.5미터 높이의 단상 무대인 스케네(skene:
scene의 어원)는 배우들의 연기 공간이었는데, 뒷벽은 분장실을 제공하
는 한편, 궁전이나 신전 등의 입구를 재현하는 무대 세트의 기능을 하
기도 했다. 극장 전체는 대규모의 공간이지만 자연환경을 적절히 이용
해 음향 전달이 잘 되도록 지어졌다.

초기에는 합창대와 단 1인의 배우만으로 공연이 이루어졌지만, 아
이스큘로스 시대에는 배우가 2인으로 늘어났고 소포클레스에 와서 비
로소 3인의 배우로 정착되었다. 따라서 일인다역의 공연이 될 수밖에
없었고, 또 남자들만이 배우로서 공연에 참가할 수 있었다. 배우는 역
할과 장면의 분위기에 맞는 가면(character: 원래 가면을 뜻하는 말이었는데
후대에 와서 '성격' 또는 '등장인물'을 뜻하게 됨)을 교체 착용했는데, 여러 역
할을 수행해야 하는 일인다역의 요구뿐 아니라 대규모 공간에 어울리
는 표현적인 연기를 위해서도 필요한 장치였다. 마찬가지 이유에서 굽
이 높은 코투르나이(kothurni)라는 신발을 착용했다. 자연히 연기는 사
실적이기보다는 대단히 양식화된 — 동작의 폭이 크고 무용적이며 고
양된 발성으로 전개되는 — 방식으로 이루어졌고, 산문으로 된 희극에

26

서보다 시로 쓰인 비극의 경우 이러한 양식적 연기는 더욱 두드러졌다. 합창대의 의상은 비극의 경우 당시의 시민 계층의 일상복을 그대로 사용하는 경우가 많았지만 작품의 요구에 따라 이국적인 의상이 선보이기도 했으며, 희극의 경우에는 동물 의상과 가면도 종종 사용되었다.

2 〈안티고네〉작품 해설
결핍과 과잉의 인간 드라마

〈민중을 이끄는 자유의 여신〉위젠 들라크로와 작

소포클레스의 작품 활동 시기는 기원전 468년에서 그
가 사망하는 해인 406년에 걸쳐 있다. 기원전 468년 당시 아테네는 그
리스 반도에서 가장 부유하고 가장 강력한 국가로 막 발흥하기 시작
하던 때였으며, 406년에는 '영원한 라이벌' 스파르타(Sparta)와 그 동맹
국들에 의해 참혹한 패배를 겪게 되는 때였다. 그 60년 동안 현재까지
전해지는 그리스 비극의 대부분이 쓰이고 상연되었으며, 소크라테스
(Socrates)와 소피스트들(Sophists)의 활동에 의해 서구철학의 모태가 형
성되었다. 또한 정치가 페리클레스(Pericles)의 역정과 함께 민주주의의
꽃이 피었으며, 아크로폴리스(Acropolis) 주변의 기념비적인 건축물들
이 세워졌다. 한 마디로, 서구문화 전반에 걸친 헬레니즘(Hellenism)의
지속적인 영향력이 이 시기에 태동했던 것이다.

〈안티고네〉가 처음 상연된 시기로 추정되는 기원전 442년의 아테
네는 스파르타와 평화조약을 유지하는 가운데 그리스 반도 중부를 완
전히 장악하고 남부 이태리에 식민지를 건설하는 등, 강대국으로서의
면모를 확립했다. 페리클레스의 정치적 영향력은 최고에 달했고 아테
네는 아낙스고라스(Anaxagoras)와 프로타고라스(Protagoras) 등, 그리스
전역에서 모여든 철학자들로 학문의 꽃을 피웠다. 아이스퀼로스는 이
미 사망했으나 50대에 들어선 소포클레스는 극작 경력 26년째에 접어
들었고, 유리피데스는 13년째 활동을 하고 있었다.

소포클레스는 총 123편의 극을 쓴 것으로 알려져 있는데, 이 가운데
72편이 디오니소스 제전 연극 경연대회에서 수상을 했으며 최소한 18
회의 1등상을 수상한 것으로 전해진다. 하지만 현존하는 그의 작품은

모두 7편에 불과하다. 작품의 연대도 상당 부분 추정에 근거한다. 대체로 학자들은 〈아이작스〉(Ajax), 〈안티고네〉(Antigone), 〈트라키아의 여인들〉(The Trachiniae)을 소포클레스의 극작 경력 전기에, 〈오이디푸스 왕〉(King Oedipus)을 중기에, 그리고 〈엘렉트라〉(Electra), 〈필록테테스〉(Philoctetes), 〈콜로노스의 오이디푸스〉(Oedipus at Colonus)를 후기에 위치시킨다.

흥미로운 것은 오이디푸스 일가의 운명을 다루는 이른바 "테베 3부작"은 극중 사건의 연대기적 전개를 따르자면 〈오이디푸스 왕〉, 〈콜로노스의 오이디푸스〉, 〈안티고네〉의 순서가 되겠지만, 실제 작품이 쓰인 연대는 〈안티고네〉가 기원전 442~1년경으로 가장 먼저 쓰였고, 〈오이디푸스 왕〉은 그보다 10여년 후인 430~427년경, 3부작의 결미인 〈콜로노스의 오이디푸스〉는 소포클레스의 생애 말년인 408~406년으로 추정된다는 사실이다. 이를 근거로 일부 학자들은 〈오이디푸스 왕〉을 소포클레스 극작 경력의 정점으로 보고 〈안티고네〉는 그에 비해 덜 성숙한 작품으로 보기도 한다.

물론 그러한 견해는 아리스토텔레스의 『시학』에 의해 정초된 것이다. 『시학』에 개진된 아리스토텔레스의 비극론은 〈오이디푸스 왕〉을 비극의 전범으로 삼고 있는 만큼, 1인의 비극적 주인공을 중심으로 전개되는 집중된 극적 내러티브를 이상적인 모델로 제시한다. 따라서 그와는 달리 동등한 비중을 가지는 두 명의 주인공 크레온과 안티고네가 내러티브의 초점을 나눠 가지는 〈안티고네〉는 형식적 완성도가 다소 떨어진다는 관점이다. 현대비평에 있어서도 극작가의 발전과 극작법의 진화라는 척도에서 〈안티고네〉의 분열된 두 주인공이 〈오이디푸스 왕〉에 와서 1인으로 발전 통합된다는 시각이 지배적이다.

하지만 극작 모델의 무수한 변형들이 공존하는 오늘날의 시점에서 오이디푸스적 내러티브만이 최우위를 점한다는 주장은 더 이상 실효성이 없어 보인다. 더욱이 한 작품의 비극성이 오로지 그 형식미에 의해 결정되는 것은 아닐 것이다. 실제로 〈오이디푸스 왕〉에 구현된 '운명'보다 〈안티고네〉가 체현한 '갈등'이 더 뛰어난 극작법적 모델이자 더 심오한 비극적 주제임은 이미 19세기에 그 열렬한 지지자들을 통해 강력하게 주창된 바 있다. 〈안티고네〉가 〈오이디푸스 왕〉과 함께 그리스 비극의 쌍벽을 이루게 된 것은 바로 이 시기의 일이다.

19세기 유럽의 〈안티고네〉

"안티고네는 테베의 왕 오이디푸스와 왕비 이오카스테의 딸이다. 그녀는 크레온 왕의 칙령을 어기고 오빠 폴리네이케스의 시신을 매장한다. 이 사실을 알고 크레온은 안티고네에게 생매장의 처벌을 내리지만 그녀는 선고가 실행되기 전에 스스로 목숨을 끊는다. 한편 안티고네를 사랑한 크레온의 아들 하에몬은 아버지로부터 그녀의 사면을 얻지 못하자 그녀를 따라 자결하고 만다. 안티고네의 죽음을 소재로 소포클레스는 한 편의 비극작품을 썼다. 이 작품이 디오니소스 연극축제에서 처음 상연되었을 때 아테네인들은 열광적인 반응을 보였으며 그 공로로 극작가를 사모아의 총독으로 추대했다. 이 작품은 첫 상연 이후 32년에 걸쳐 연속적으로 연극축제에 출품되었다." (『고전문헌목록』, J. 랑프리에르, 1797년)

매우 간략한, 〈안티고네〉의 더없이 미묘한 주제적 갈등을 설명하기에는 너무나 단순한 이 진술은 사실상 고대 아테네인들의 열광보다는 19세기 유럽인들의 이 작품에 대한 매료를 더욱 강하게 함축하고 있다. 실제로 18세기 말부터 20세기 초에 이르기까지 유럽의 시인, 철학자, 학자들에게 〈안티고네〉는 단지 그리스 비극 최고의 작품이 아니라 인간의 정신이 생산한 완벽에 가장 가까운 예술작품이었다. 바로크와 신고전주의 시대가 호머의 서사시에서 가장 이상적인 인간 정신과 문학의 모델을 발견했다면 19세기의 이상은 아테네의 비극이었다.

19세기 지식인들의 비극에 대한 매료는 미학적이거나 도덕적인 차원을 넘어서는 것이었다. 프랑스 대혁명 이후 유럽 철학의 패러다임은 그 다양한 전개에도 불구하고 "인간의 타락"이라는 신학적 명제의 세속화 내지는 역사화로 요약될 수 있다. 피히테(Fichte)와 헤겔(Hegel)의 "자기소외", 맑스(Marx)의 경제적 예속, 쇼펜하우어(Schopenhauer)의 "맹목적 의지", 그리고 20세기를 여는 프로이트(Freud)의 "무의식"과 하이데거(Heidegger)의 "존재(Being)의 원초적 진리로부터의 타락"에 이르기까지 인간조건은 인간정신 내외부의 억압에 대한 투쟁에 의해 결정되는 어떤 것이었다.

따라서 19세기 초 독일 철학자 셸링(F. W. J. Schelling)에게 그리스 비극은 :

"영웅적 주인공들로 하여금 자신들을 압도하는 운명과 쟁투하게 함으로써 인간의 궁극적 자유를 고취한다. 이 투쟁에서 인간은 운명, 곧 눈에 보이지 않고 자연의 영역을 넘어선 힘 앞에 패배할 수밖에 없지만 그 패배를 통해 자신의 자유를 구가한다. 불가항력의 힘에 맞서 사투를 벌이는 과정에서 드러나는 그의 논쟁적 사유와 불굴의 정신과 행동의 결단이야말로 인간의 자아를 형성하는 결정적 요소이기 때문이다."(『원리와 비판에 관한 철학적 소고』, 1795).

'자유', '운명', 역동적 '자아', 자신을 초월하는 존재와의 '사투' 등, 셸링이 사용하는 개념들은 바로 칸트(Kant) 이후의 철학과 심리학을 지배하는 용어들이다. 이러한 개념들이 총체적으로 형성하는 자기실현의 변증법에 가장 근원적이고 가장 영속적인 예술적 형태를 부여한 것이 그리스 비극이었던 것이다.

19세기의 관념론적이고 낭만주의적인 상상력 안에서 최고의 비극작가는 단연 소포클레스였다. 〈아테네 비극의 역사〉(1795)에서 프리드리히 쉴러겔(Friedrich Schlegel)은 "고대 그리스의 가장 위대한 시인들은 완벽한 하모니를 구사하는 코러스와도 같다. 그중에서도 소포클레스는 코러스의 합창대장과 같은 존재로서 마치 뮤즈들의 합창대를 이끄는 아폴로와도 같다"고 극찬한다. 괴테(Goethe) 또한 소포클레스를 현존하는 비극작가 세 명의 정점에 위치시킨다 :

> "비록 아이스큘로스 역시 장엄한 비극적 효과를 성취하지만 그것의 극적 구현은 종종 자의적인 면이 있는 반면, 비극이 구현하는 고난과 공포를 가장 완벽한 예술적 형태로 성취하는 것은 소포클레스다. 유리피데스는 분명 현대적인 심리적 통찰을 획득했지만 그 통찰이 종종 미학적 형식을 파괴하는 반면, 동일한 깊이의 심리적 통찰을 완벽한 미학적 통일성 안에 구현하는 것은 소포클레스다."

또한 "셰익스피어의 천재성은 의문의 여지가 없으나, 소포클레스야말로 극예술의 정점임은 분명하다"고 말한 독일의 셸링만이 소포클레스와 셰익스피어를 비교한 것이 아니다. 영국 소설가 조지 엘리옷(George Eliot)도 "〈안티고네〉의 교훈"(1859)이라는 에세이에서 소포클레스를 "셰익스피어와 비견될 유일한 비극작가"라고 선언한다.

    현존하는 소포클레스의 일곱 작품 가운데 19세기적 상상력을 사로
잡은 것은 단연 〈안티고네〉였다. 사실 관념론자/낭만주의자들의 이
작품에 대한 매료는 주인공 안티고네에 대한 매료와 구별되기 어려운
것이었다. 시인 셸리(Percy Bysshe Shelley)의 탄성은 전형적이다 :

> "안티고네는 얼마나 숭고한 여성의 초상인가! 그녀의 희생은 오히려 그
> 녀를 신적 반열에 올려놓지 않는가! 우리는 전생에 그녀와 사랑에 빠진 존
> 재가 아니었던가! 그래서 이 세상 어디에서도 그와 같은 사랑을 찾지 못하
> 는 존재가 아닌가!"

    헤겔 또한 이 작품을 "숭고미에 있어 가장 뛰어난, 모든 면에 있어
서 인간의 노력이 빚은 최상의 예술작품"이라 극찬하는가 하면, 여주
인공에 대해서는 "천상의 존재와 같은 안티고네, 지상에 존재한 가장
고매한 인물"이라 찬미한다. 자신의 극작품 〈아그네스 베르나우어〉
(Agnes Bernauer 1855)를 "현대의 〈안티고네〉"라고 천명한 독일 극작가
프리드리히 헤벨(Friedrich Hebbel)은 소포클레스의 〈안티고네〉를 "걸작
중의 걸작이며 고대와 현대를 막론하고 이와 비견될 작품이 없다"고
까지 단언한다. 영국의 문필가 토마스 드 퀸시(Thomas de Quincey)에게
〈안티고네〉는 서구 "예술사의 아침이슬"이며 그 어떤 비극작품도 이
극의 "장엄미"를 넘보지 못한다.
    영국에서는 낭만주의의 파도가 스러져간 19세기 중반을 기점으
로 빅토리아 시대의 안정기에 접어들면서 문예비평가 매튜 아놀드
(Matthew Arnold)와 같은 이는 "형제의 시신에 대한 의무와 국가에 대한
의무 사이의 갈등을 보여주는 이 극의 행동은 더 이상 우리의 절박한
관심사가 되지 못한다"고 그 시대적 의미를 평가절하하기도 했지만,

이 극에서 "인간의 원초적 성향들과 현실권력 사이의 영원한 투쟁"을 발견하는 조지 엘리엇과 같은 이들은 〈안티고네〉의 정치적-문화적 시의성을 넘어서는 보편적 호소력을 여전히 주장했다.

〈안티고네〉와 안티고네의 한 세기에 걸친 영향력을 가장 상징적으로 드러낸 것은 오스트리아 시인 호프만스탈(Hugo von Hoffmannsthal)이 1900년 베를린 공연에 부쳐 쓴 "소포클레스의 안티고네를 위한 서시"일 것이다:

> 이 찬란한 존재는 어떤 시대에도 예속되지 않는다!
> 그녀가 거둔 단 한 번의 승리는 시간을 넘어 영원하다.
> 그녀를 바라볼 때
> 내 육신은 불길에 던져진 마른 나뭇가지처럼 떨리고
> 내 영혼으로부터는 불멸의 존재들이 솟구친다.
> 이 존재들로부터 생의 가장 심오한 본질이 나타나
> 빛나는 광채로 나를 감싼다.
> 내가 그녀에게 다가갈 때, 가까이 다가갈 때,
> 시간은 소멸되고
> 생의 심연을 가리던 베일은 벗겨진다.

19세기 유럽인들에게 〈안티고네〉가 그토록 강한 호소력을 가졌던 것은 왜일까? '안티고네 열풍'을 가능하게 한 여러 계기적 사건들이 있었지만, 그 호소력의 가장 깊은 발원지는 프랑스 대혁명(1789)이라는 점에는 의문의 여지가 없어 보인다. 군주의 폭정과 귀족/성직계급의 수탈에 저항하여 민중봉기를 일으킨 프랑스인들과 그들의 범유럽 동조자들에게 〈안티고네〉는 자유, 평등, 박애(fraternity: '형제애')의 혁명

정신에 대한 완벽한 알레고리였다.

안티고네가 죽은 형제에게 바치는 절대적인 사랑과 의무는 친족의 영역을 초월한 보편적 인류애로 읽히고, 국가권력에 불복하여 개인의 권리를 주장함으로써 죽음을 맞이하는 그녀의 모습은 천부인권설에 담긴 개인의 자유와 자율성(autonomous: '자신이 곧 법인')을 구현하고 있는 것으로 보였다. 나아가 여성으로서 남성 전유의 공적 영역에 당당히 발을 디디는 그녀는 성적 평등은 물론 ― 그에 의해 상징되는 ― 모든 사회적 영역에서의 평등과 정치적 참정권의 옹호자로 비쳤다.

상대적으로 그녀의 저항을 불러일으키고 그녀에게 죽음을 선고하는 고대도시 테베의 왕 크레온은 왕권신수설의 극단적 구현, 곧 "짐이 곧 국가다"라고 선언한 루이 14세를 정점으로 하는 부르봉 왕가와 사회 전 영역을 지배하는 가치체계로서의 구체제(ancien regime)를 대변하는 것으로 읽혔다. 그리하여 폭군에 대한 안티고네의 항변은 '자유가 아니면 죽음을 달라'와 같은 혁명의 목소리와 겹쳐지고, 저항의 대가로 그녀가 받은 생매장의 형벌은 바스티유(Bastille)의 지하 감옥을 환기시켰으며, 그녀의 자결은 어떤 억압에도 굴복하지 않는 자유에의 처절한 의지와 혁명을 위한 숭고한 순교로 받아들여지게 되었던 것이다.

그리고 그 순교는 19세기 내내 끊임없는 부활을 약속하는 것이었다. 대혁명의 와해와 나폴레옹의 실각 후 복귀한 부르봉 왕가에 대한 재봉기였던 1830년의 7월 혁명은 미완의 대혁명을 재개하는 역사적 의의를 띠었으며, 이를 묘사한 위젠 들라크로와(Eugene Delacroix)의 걸작 〈민중을 이끄는 자유의 여신〉의 창조적 영감은 분명 혁명적 상상력 속의 안티고네에서 온 것이라 하겠다.

물론 19세기 유럽인들에게 〈안티고네〉는 정치적 알레고리의 차원

에만 머무는 것이 결코 아니었다. 앞에서 살펴본 바와 같은 당대의 대표적인 철학자와 예술가들의 이 극과 주인공에 대한 열광적 매료는 보다 깊은 차원에서의 공명, 곧 르네상스/바로크 시대 이후 계몽주의에 의한 본격적인 근대의 출발점에서 발생한 인식론적 패러다임의 대전환과 맞물려 있었다. 르네상스가 종교적 속박으로부터의 인간해방을 선언하고 개인의 고유한 내면성, 곧 '사유하는 주체'를 발견했다면, 계몽주의와 프랑스 대혁명은 그 주체에 작동하는 또는 그 주체를 형성하는 불가피한 조건으로서의 정치사회적 공동체에 대한 각성이 일깨워진 시기이다. 요컨대 역사로부터 자유로운 개인의 고유한 내면성이란 존재하지 않으며 주체적 사유란 본질적으로 역사적 압력에 '대한' ─ 필연적으로 갈등과 투쟁의 형태를 띠는 ─ 개인적 의식의 발현이라는 깨달음이 태동했던 것이다.

　이러한 맥락에서 앞서 언급한 셸링의 그리스 비극론, 즉 "영웅적 주인공으로 하여금 자신을 압도하는 운명과 쟁투하게 함으로써 인간의 궁극적 자유를 고취하는" 드라마가 지배적 예술형식이 되고, "논쟁적 사유와 불굴의 정신과 행동의 결단"으로 무장한 영웅적 주인공의 이상적 모델로 안티고네가 등장하게 되는 것이다. 나아가, 셸링의 "운명"이라는 비유적 언어를 해체하여 〈안티고네〉에 구현된 인간정신의 본질, 실존과 역사의 조우, 그리고 개인과 공동체의 관계를 정신현상학과 역사철학의 접점에 위치시킨 것이 바로 헤겔이다.

오늘날에 이르기까지 〈안티고네〉에 대한 거의
모든 해석들은 이 극에 대한 헤겔의 논의의 변주와 반론이라고 해도
과언이 아닐 정도로 헤겔의 영향력은 절대적이다. 그의 저서와 강의들
에 무수히 산재한 〈안티고네〉론의 핵심은 아마도 다음 구절에서 가장
명확한 표현을 발견한다:

"'운명'이라는 용어에는 개념적 사유가 결여되어 있다. '운명' 속에서는
정의와 부정의가 추상화되어 사라지고 만다. 반대로 비극은 운명이 윤리
적 정의의 영역에서 작동하는 양상을 보여준다. 소포클레스의 비극작품들
이 뛰어나게 구현하고 있는 것이 바로 그것이다. 이 작품들은 '운명'과 '필
연성' 양자를 명확히 구분해 보여준다. 개인들의 운명은 불가사의한 것으
로 제시되지만, 필연성은 눈먼 정의가 아니라는 점을, 필연성이야말로 참
된 정의라는 것을 분명히 보여주는 것이다. 바로 이러한 이유에서, 이 작품
들은 정의와 부정의에 대한 윤리적 이해는 물론 그에 대한 개념적 사유를
바탕으로 하는 인간정신에 관한 불후의 걸작이 되는 것이다. 맹목적인 운
명은 결코 인간정신에 대한 만족할 만한 설명이 되지 못한다. 소포클레스
의 비극에서 정의는 사유를 통해 포착된다. 비극의 절대적 전범인 〈안티고
네〉는 최고의 도덕적 힘들의 충돌을 그러한 윤리적 사유를 위해 거의 조형
적으로 보여준다. 이 극에서는 신성하고 내향적이며 내적 감정에 호소하
는 — 그래서 이른바 지하세계의 신들에 속하는 — 가족애가 국가의 권리
와 충돌한다. 또한 크레온은 폭군이 아니며 실제로 또 다른 하나의 윤리적
힘을 구현한다. 크레온이 잘못된 것이 아니다. 그가 주장하는 것은 국가의
법과 통치의 권위는 존중되어야 하며 위법은 형벌로 다스려져야 한다는
것이다. 그런데 충돌하는 양측 각각은 단지 하나의 윤리적 힘만을 실현하

고 있다. 이것이 그들의 일면성(one-sidedness)이다. 이러한 충돌에서 영원한 정의가 구현되는 방식은 다음과 같다: 그 일면성으로 인해 양측 공히 부정의가 되며, 또한 양측 공히 정의로 남는다. 자신의 도덕성을 철저히 믿고 거침없이 추구하는 과정에서 양자는 각각의 타당성을 인정받는 것이다. 그러나 그 타당성은 상대적으로 동등한, 궁극적으로 일면적인, 타당성이다. 영원한 정의는 이 일면성을 극복하는 데서 온다." (〈종교철학 강의 2부〉)

비극이란 동등한 두 권리 내지는 윤리적 요청의 충돌이며 〈안티고네〉는 그러한 충돌의 역학과 그것이 종합적으로 해결되는 정-반-합의 변증법적 과정을 결정적으로 보여주는 작품이라는 개괄적 이해가 여기서 발생한다. 그렇게 충돌하는 두 "윤리적 힘," 또는 두 가지 "법"의 실체는 여기서 크레온과 안티고네가 각각 구현하는 국가법과 자연법으로 정의되고 있는데, 그 충돌의 지점은 물론 외국 군대를 이끌고 자신의 조국을 침공했다가 전사한 안티고네의 오빠 폴리네이케스의 매장 문제이다.

'반역자'의 시신 매장을 금지하는 ─ 극형으로 본보기를 삼는 ─ 크레온의 칙령은 공동체의 안녕과 존속을 존재이유로 하는 국가의 관점에서는 "타당한" 행위이다. 마찬가지로 타당한 것은 사망한 '혈육'에게 장례의 예를 치르는, 곧 친족으로서의 도리와 의무를 다하는 안티고네의 행위이다. "상대적으로 동등한, 궁극적으로 일면적인" 이 두 윤리적 행위는 각자의 정당성에도 불구하고 상호배제적이라는 점에서 "참된 정의," 곧 보다 높은 윤리적 차원을 획득하지 못하고 상호파멸에 이른다는 것이 헤겔의 설명이다.

그런데 〈안티고네〉에 관한 헤겔의 다른 논의들 ─ 특히 〈정신현상학〉 ─ 에서는 크레온과 안티고네가 각각 구현하는 국가법과 자연법이 "상대적으로 동등한" 것이 아니라 분명한 경중을 가진 것으로 제시된다는 점에 주목할 필요가 있다. 위의 구절에 나타난 "지하세계의 신들에 속하는 가족애"라는 표현에 이미 함축되어 있듯, 헤겔에게 있어 안티고네는 "고대 신들의 법, 그 근원을 알 수 없는 영원한 법으로서 본질적으로 여성의 법"을 구현한다. 상대적으로 크레온이 표상하는 것은 "널리 알려지고 행해지는 법, 곧 국가의 윤리적 힘"으로서 그것은 또한 "남성의 법" 내지는 "보편성의 법"이라고 규정된다.

그 둘은 또한 "신의 법"과 "인간의 법"으로 정의되기도 한다. 헤겔이 가족애를 '신과 여성'의 법이라고 규정하는 것은 친족이란 사회공동체 성립 이전부터 존속해온 자연발생적 윤리공동체이기 때문이며 또한 생명과 죽음에 의해 규정되는 자연적 존재로서의 개인을 가능하게 하는 '모태'이기 때문이다. 어머니의 자궁과 대지의 여신의 자궁(무덤)에 의해 성립되는 이 생명의 원리는 자연에 '운명적으로' 귀속된 존재로서의 개별적 인간을 지배하는 힘이다. 상대적으로 국가의 윤리는 바로 그러한 자연과 운명에 속한 개별적 인간을 문명과 필연성의 영역인 사회공동체에 전향적으로 귀속시키는 데 있다.

그것이 '인간과 남성'의 법으로 불리는 까닭은 신이 부여한 "맹목적 운명"을 인간의 주체적 사유를 통해 극복하고 자연(모성)의 지배를 벗어나 문명을 성취하는 데 기여하기 때문이다. 자궁과 무덤에 의해 결정되는 자연적 존재를 넘어서 — 남근적 표상인 — 성채와 도시를 건설하는 정신적 존재 내지는 윤리적 주체로서의 인간의 재탄생이 그렇게 이루어진다는 것이다. 헤겔의 관점에서 인간의 정신과 인류의 역사는 바로 유한한 개별성들이 지양되고 절대적 보편성으로 나아가는 과정이기 때문이다.

친족과 국가, 여성과 남성, 자연과 문명을 대척점에 놓되 후자를 상위에 위치시키는, 다시 말해 안티고네보다 크레온에게 더 '보편적인' 윤리적 정당성을 부여하는 헤겔의 편향성에 대한 철학적 논의와 비판은 정신분석학과 여성주의의 도래 이후 봇물처럼 터져 나온다. 헤겔의 윤리와 정의는 욕망과 충동으로 대체되고 국가는 가부장적 이데올로기의 기재로 재정의 되며, 남성 전유의 정치의 장은 여성 주체의 등장으로 전면적인 재편성을 요구받게 된다.

하지만 이러한 비평적 흐름 가운데 좀처럼 지적되지 않은 것은 헤겔의 역사철학에 대한 '역사의 불만'이다. 바꿔 말해, 헤겔의 〈안티고네〉는 기원전 5세기 아테네의 〈안티고네〉와 어떤 상관성이 있는가? 이 작품이 처음 상연되었던 기원전 452년, 도시국가 아테네의 광장에서는 어떤 일이 일어나고 있었는가? 그것은 헤겔이 말하는 상대적으로 동등한, 궁극적으로 일면적인 두 윤리적 힘의 충돌이었으며 그 일면성을 극복함으로써 "영원한 정의"를 지향하는 사회적 과정이었던가? 그리고 소포클레스가 쓴 "비극의 절대적 전범"은 과연 "최고의 도덕적 힘들의 충돌을 윤리적 사유를 위해" 보여주는 것이었던가? 무엇보다 소포클레스의 〈안티고네〉는 크레온의 국가법을 안티고네의 자연법보다 상위에 두고 있는가?

18세기 후반까지 축적된 고대사 연구를 통해 헤겔이 기원전 5세기 아테네의 정치사에 대한 전반적인 이해를 가지고 있었다는 점은 분명하다. 하지만 〈안티고네〉의 중심 갈등을 이루고 있는 전몰자의 장례 문제가 페리클레스 당대의 심각한 사회적 갈등 가운데 하나였다는 사실을 인지하고 있었는지는 분명하지 않다. 실제로 〈안티고네〉 첫 상연(442년)이 이루어지기 바로 몇 년 전인 기원전 449년 페리클레스는 사모아와의 전쟁에서 목숨을 잃은 병사들의 합동장례식에서 추도연설을 했는데, 연설문의 방점은 전사자들의 '명예로운 죽음'과 살아남은 자들의 '절도 있는 애도'에 있었다.

이에 대한 유족 및 시민들의 반응은 엇갈렸다. 일부는 도시국가를 위한 순국의 미덕에 관한 페리클레스의 수사를 있는 그대로 받아들였지만 또 다른 일부, 특히 유족들은 명분 없는 전쟁으로 가족의 무고한 희생을 치르게 한 국가권력을 맹렬히 비난하는 분위기였던 것이다. 그러한 비난을 가열시키는데 적지 않은 기여를 한 것은 바로 페리클레스가 경계한 유족, 특히 여성 유족의 '지나친' 애도였다. 이 사건의 의미는 기원전 5세기 초에 신설된 제도인 아테네의 국장(國葬)을 둘러싼 사회적 과정을 통해 이해될 수 있다.

기원전 478년 페르시아 침공을 물리친 후 펠레폰네소스(Peloponnesus) 동맹의 맹주가 된 아테네는 동맹국들에 대해 조공을 요구하고 또 동맹국들 사이의 분쟁에 결정권을 행사하는 등 패권주의를 추구하며 많은 전쟁을 겪게 된다. 그러면서 전사자들이 증가하자 종전까지는 가정의 영역에서 이루어지던 장례절차를 국가가 주관하는 국장으로 전환하게 된다. 페리클레스의 추도연설의 계기도 같은 동맹국인 밀레토스(Miletus)와 사모아(Samoa) 사이의 분쟁에 개입, 밀레토스 편을 들어 사모아와의 전쟁을 일으킨 결과였던 것이다.

아테네가 패권국가로 나아가는 과정에서 가족장을 국장으로 대체한 것은 전사자에 대한 국가적 예우라는 명분을 통해 궁극적으로는 국가 이데올로기 강화에 기여하는 데 그 목적이 있었다. 도시국가 수립 이전 아테네 사회는 여러 부족의 느슨한 연합구성체였으며 민주정치 확립 이후에도 각 부족의 전통적 귀족 가문들이 국가 운영의 막후세력으로 강력한 영향력을 행사하고 있었다. 따라서 중앙정부, 특히 급진적인 민주제도를 시행하고자 한 페리클레스 행정부의 시급한 과제 중하나는 바로 그러한 귀족계층을 견제하고 중앙정부의 권위와 권력을 공고화 하는데 있었으며, 전몰자의 장례를 귀족 가문의 가족장 중심으로부터 계층을 불문한 국가주도의 장례로 전환한 것은 그 견제책의 일환이기도 했다.

국가 권력의 강화를 위해 시행된 사회통합 정책으로서의 국장 제도가 몰고 온 또 하나의 변화는 바로 아테네 여성들의 제한된 사회적 영역을 더욱 축소시키는 것이었다. 전통적 가족장에서 장례절차의 주관은 여성의 몫이었다. 특히 장례 기간 동안 지속되는 여성 가족의 형식화된 애곡(哀哭) 절차는 단순한 '여성적' 슬픔의 토로를 넘어서 망자의 죽음의 의미, 곧 그 존재의 의미와 함께 그의 사망이 유족들에게 남기는 과제를 규정하는 행위였다. 일반적인 경우는 망자가 남긴 유산 처리 문제일 것이다. 당시 아테네의 상속법은 부계 상속을 원칙으로 하고 있었고 따라서 남성 상속자가 있는 한 유산이 여성에게 직접 귀속되지는 않았지만, 어머니나 손위 누이 같은 여성 연장자는 남성 상속

자들에 대한 영향력을 통해 가족의 재산을 재분배하는데 결정적 역할을 했다.

또 다른 한편, 여성들의 애도는 가족 안에서뿐만 아니라 제도권 안에서 사회적 발언권이 없던 여성들에게 정치적 참여의 유일한 경로가 되기도 했다. 귀족 가문의 전통적 가족장은 — 아이스큘로스의 〈제주를 붓는 여인〉("오레스테스 3부작" 중 제 2부)에서 엘렉트라와 마을 여인들로 이루어진 코러스가 보여주듯 — 그 가족의 여성 애곡자를 필두로 그 가문에 복속된 평민 여성들이 집단 애곡을 하는 형태로 치러졌다. 여성들의 애곡에 담긴 망자의 죽음에 대한 의미 규정과 그 감정적 호소를 통해 그 가문의 남성들이 행동(복수 또는 화해)에 나서게 되고, 그로 인해 귀족 가문 사이의 분쟁, 나아가 시민사회 내부 이해집단들 간의 갈등이 비화되거나 또는 평화롭게 해결되는 경우가 드물지 않았다. 시민권에서 형식적으로는 배제되었음에도 불구하고 사회적 조정자로서의 여성의 실질적 영향력이 일정 부분 분명히 작동하고 있었던 것이다.

새롭게 시행된 국장 제도는 바로 이러한 여성의 전통적 권리를 축소시키게 된다. 국장의 절차는 기존 가족장에서는 7~10일까지 이어지던 여성들의 애곡을 2일로 제한했으며, 여성 유족들이 장지까지 행렬에는 참가하도록 허용하지만 전통적으로 매장의식을 마무리 짓는 그들의 마지막 애곡 대신 공직에 있는 남성의 추도연설로 공식적인 최종 절차를 삼았다. 망자의 한을 토설하던, 그래서 종종 그 죽음의 책임을 묻는 여성/유족들의 통곡소리가 명예와 애국주의의 수사로 망자의 한을 잠재우려는 남성/국가의 웅변으로 대체된다. 이러한 절차를 통해 망자의 존재와 그 죽음의 의미를 규정하는 일, 곧 망자에 대한 권리 자체는 물론 그 죽음이 산 자들에게 부여하는 과제, 즉 모종의 사회적 행동을 결행하도록 촉구하는 역할과 권리마저 여성/가족으로부터 남성/국가로 귀속되는 것이다.

그렇다면 결국 헤겔의 이론은 역사적 이해에 있어서도 정확한 것이었던가? 고대 그리스 사회에 있어서 신과 혈연과 여성의 법은 절대정신을 지향하는 인간정신과 인류 역사 안에서 이성과 국가와 남성의 법에 일시적으로는 동등하게 맞서지만 결국은 보다 보편적인 윤리적 힘 앞에 무릎 꿇고 말았던가? 단적으로 묻자면, 역사적 진보는 남성/국가의 편에 있는가? 아니다. 〈안티고네〉의 매개를 통하지 않고서도 기원전 5세기 중반의 아테네는 헤겔의 '역사철학'과는 다른 '역사'를 제시한다.

아테네 정치사에 대한 최근 연구들이 지적하듯 '절제를 넘어선 여성들의 애도'에 대한 극도의 경계를 보여주는 페리클레스의 연설문은 그의 추도연설에 대한 유족과 시민들의 반응이 국가주의의 헤게모니 확립과는 일정한, 어쩌면 상당한, 거리를 가지고 있었음을 역설적으로 반증한다. 또한 그의 연설에 대한 저항적 반응이 여성 유족뿐 아니라 남성 유족과 일반시민들 사이에도 현저했다는 사실을 고려한다면, 친족과 국가의 대립을 여성과 남성의 대립에 중첩시키는 것은 복합적인 역사적 과정의 왜곡된 기술이요 지나친 도식화임에 틀림없다.

〈안티고네〉를 빚어낸 당대 아테네 사회의 일정 국면을 이해하기 위해서는 어쩌면 두 윤리적 요청의 충돌과 그 지양을 통한 변증법적 발전이라는 헤겔의 통시적 관점보다는, 역사의 특정한 한 시점은 언제나 당대의 지배문화는 물론 지난 시대의 잉여문화와 새롭게 등장하는 출현문화 사이의 몇 중의 충돌과 몇 겹의 절충이 빚어내는 스펙트럼이요, 그것을 살아있는 체험으로 경험하는 역사적 주체는 언제나 다양한 이해관계의 교차점에 서 있다는 문화연구의 공시적 관점이 오히려 더 적합한 도구일 것이다.

소포클레스와
〈안티고네〉

물론 헤겔은 아테네 역사가 아니라 〈안티고네〉에 대해 이야기하고 있다. 특정한 역사의 단층을 고고학적으로 발굴하려는 것이 아니라 그의 관점에 의하면 "윤리적 사유"를 제시하는 소포클레스의 비극에 구현된 정신과 역사의 원리들을 철학적으로 조망하고자 하는 것이다. 문제는 드라마로부터 사상을 추출해내거나 드라마를 빌어 철학적 명제를 입증하기 위한 노력들은 종종 드라마 자체의 복합적인 역학을 단순화하는 경향을 띤다는 사실이다.

예컨대 헤겔의 〈안티고네〉론에는 크레온과 안티고네만 두드러질 뿐 소포클레스의 드라마에 확연한 존재감으로 등장하여 극의 중심 갈등에 미묘한 긴장과 짙은 음영을 더해주는 이스메네와 하에몬과 티레시아스의 개입이 배제되어 있다. 무엇보다 드라마 전체 분량의 절반 가까이를 차지하는 코러스의 존재가 빠져 있다. 그들의 노래가 극작가의 관점을 충실히 대변하고 있는 것이든 또는 여타 극중 인물과 다름없이 제한된 인식을 드러내는 것이든, '도시국가의 시민'을 표상하는 코러스의 존재와 관점을 도외시하고서는 그리스 비극에 관한 논의 자체가 성립될 수 없는 것이다. 장례절차를 두고 친족과 국가가 각각 권리를 주장하는 당대의 사회적 쟁점에 대한 시민들의 관점을 이해하기 위해서는 말할 것도 없다.

그렇다면 궁극적으로는 소포클레스에게 돌아가야 할 것이다. 페리클레스의 동시대인, 그 자신 전쟁터에서는 군인으로, 아크로폴리스 광장에서는 정치가로, 그리고 연극 경연대회가 벌어졌던 아테네의 디오니소스 극장(Theatre of Dionysus)에서는 극작가/연출가로 도시국가 아테네의 삶을 다층적으로 살았던 역사적 주체. 그가 당대의 현실에서 본 것은 무엇이었던가, 참전군인으로서 전몰자를 위한 국장에서 페리클레스의 연설을 들으며, 또 그에 대한 시민들과 유족들의 반응을 지켜보면서 어떤 생각을 했던가.

그 생각을 그는 어떻게 안티고네와 크레온의 대결, '주변인물'들의 개입, 그리고 코러스의 노래로 총체적으로 육화했는가. 무엇보다 그 현실에 대한 상념들이 그에게 어떤 철학적, 정치적, 연극적 상상력을 일깨웠는가. 그리고 그 상상력으로 〈안티고네〉를 집필하면서, 나아가 무대 위에 생생한 형상으로 빚어가면서, 이 강력한 윤리적 충돌과 치열한 역사적 투쟁 속에 그 자신이 궁극적으로 발견한 인간의 모습은 어떠한 것이었던가.

쉬운 답변을 허락지 않는, 해석을 위한 이 일련의 질문들을 앞에 놓고 역자의 입장에서 한 가지 앞질러 말할 수 있는 것은 소포클레스의 작품은 헤겔의 해석망을 유유히 빠져나간다는 것이다. 〈안티고네〉는 역사의 변증법보다는 인간정신과 존재의 부정적 변증법을 보여준다는 것이다. 무엇보다 소포클레스가 궁극적으로 제시하는 것은 윤리적 실체를 순수하게 구현하는 존재로서의 안티고네와 크레온이 아니라 윤리적 요청의 전폭적인 담지자가 되기에는 언제나 부족하거나 때로는 과잉된 존재로서의 인간이라는 것이다. 소포클레스의 〈안티고네〉가 당대의 사회적 과정에 대한 정치적 성찰과 도덕적 힘들의 충돌에 대한 철학적 사유를 넘어 바로 그 결핍과 과잉에 우리의 시선을 이끄는 것은 드라마의 본령이 인간 자체이기 때문이다. 그리고 아마도 오늘날의 인식적 패러다임에서 헤겔의 '절대정신'은 정신분석학의 '무의식'에 그 자리를 내어주었기 때문일 것이다.

　하지만 역자의 이러한 견해까지도 괄호 안에 묶어야 할 것이다. 소포클레스의 〈안티고네〉는 독자에게 직접 말을 걸기 때문이다. 그럼에도 불구하고 본문에 적지 않은 해석적 주석을 붙인 것은 역자의 욕심이며, 그것도 이 불가사의한 작품의 총체적 이해에 도달한 일관된 해석이기보다 그러한 이해를 모색하는 과정의 단편적인 기록들에 불과하다. 이 주석들이 독자 여러분의 소포클레스와의 만남에 장애가 되지만 않았으면 하는 바람이다.

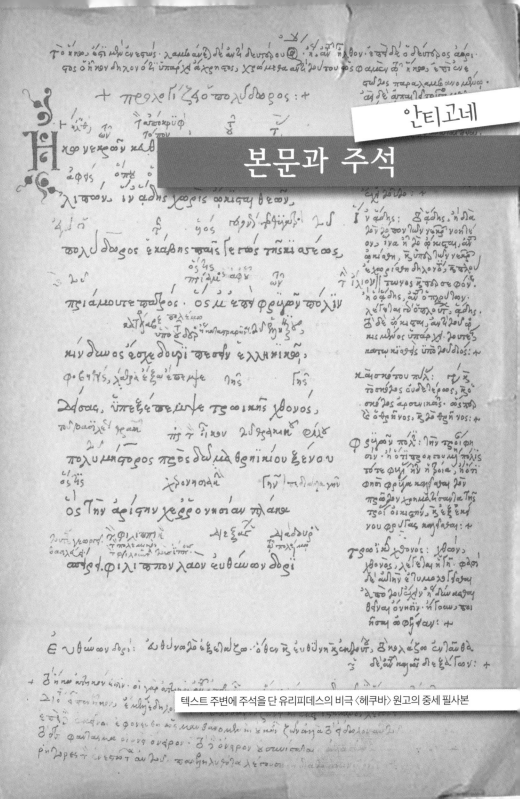

본문과 주석

텍스트 주변에 주석을 단 유리피데스의 비극 〈헤쿠바〉 원고의 중세 필사본

등장인물

배경

안티고네와 이스메네는 시조 카드모스에서 비롯되어 랍다쿠스와
라이우스, 그리고 오이디푸스로 이어진 테베 왕가 혈통의 마지막
후손이다. 시조 카드모스는 용의 이빨을 들판에 뿌려 거기서 나온
용사들과 함께 도시국가 테베를 창건했다. 오이디푸스의 몰락 후
테베는 그의 두 아들이 교대로 통치하기로 했으나, 먼저 통치권을
획득한 동생 에테오클레스는 임기 막바지에 양위를 거부하고
형인 폴리네이케스를 국외로 추방한다. 아르고스로 망명한
폴리네이케스는 그 도시의 공주와 결혼한 후 동맹군을 얻어
잃어버린 왕위를 되찾기 위해 테베를 침공하지만, 전투는 테베의
승리로 끝나고 오이디푸스의 두 아들은 전투 중에 서로를 죽이고
만다. 두 형제의 죽음으로 그들의 자매 안티고네와 이스메네는
오이디푸스의 마지막 혈육이 되었고, 오랜 국난에 시달려온 테베의
통치권은 이제 두 자매의 외숙부이자 오이디푸스 왕의 통치
시부터 재상으로 재임해온 크레온에게 넘어간다.

서막
Prologue

애도하는 여인들

오라, 그대 황금빛 태양이여!

일곱 성문의 도시 테베를 수백 년 비추어 주었건만

오늘 그대의 얼굴만큼 찬란한 적 없었도다.

마침내 떠올랐구나, 그대 불의 전차여!

거침없이 진군하며 어둠을 물리치는 빛의 군대여!

장면

테베의 왕궁 앞 광장

〈대화〉

왕궁 문을 열고 안티고네와 이스메네 등장[1]

안티고네[2]   이스메네, 사랑하는 이스메네.
　　　　　　핏줄과 자궁을 함께 나눈 내 혈육, 내 누이야.[3]

1　이제 곧 날이 밝으면 왕과 원로시민들이 모여 국정을 논할 왕궁 앞 광장은 공적 영역
　　과 남성적 질서의 상징적 공간이다. 해가 뜨기 전 여명 속에 이 새벽 광장에 발 딛는
　　두 자매의 서막 장면은 이 극의 중심적 갈등, 곧 공적 영역과 사적 영역, 국가와 가족,
　　남성과 여성, 그리고 문명과 본능 등의 대립구조를 전조한다. 전자의 가치를 대변하
　　는 태양신 아폴로가 모습을 나타내기 전, 아직은 여명 속을 나는 아테네의 부엉이의
　　시간이라고나 할까.

2　안티고네(Anti-gone)는 축자적으로는 '반(反)-자궁'의 의미이다. 자궁을 거부한다는
　　점에서 종족보존을 거부하고 가문의 대를 끊는다는 의미로 풀이될 수도 있고, 가부
　　장적 사회 내에서 여성의 주어진 자리를 거부함으로써 남성적 질서와 왕권에 저항할
　　뿐 아니라 그 자신이 남성의 위치에 선다는 의미도 내포될 수 있다. 또한 출산이 아니
　　라 죽음의 모태를 상징하거나, 자궁에서 나오는 것이 아니라 자궁 속으로 되돌아가고
　　자 하는 무의식적 욕망의 비유가 되기도 한다.

3　친자매이니만큼 "핏줄과 자궁을 함께 나눈" 것은 당연한 일이겠으나 그것을 동어반
　　복적으로 강조하는 이 호칭은 오이디푸스의 자녀들이 처한 특수한 상황, 곧 근친상간
　　에 의해 태어난 자식들이 '얽혀버린' 가족관계에 대해 가지는 양면적 태도를 암시한
　　다. 아버지가 형제가 되고 어머니는 할머니이자 형제의 배우자가 되며 또 같은 형제
　　자매가 동시에 조카와 숙부/숙모가 되는 복합적이고 도착적인 가계 내에서, 그 자녀

우리 아버지께서 불러들인 그 모든 비참한 운명들!
지금까지 살아오는 동안
그 가운데 어느 하나 우리를 비켜간 것이 있었니?
끝없이 이어진 불행과 파국과 모욕과 수치,
어느 하나 너와 내가 겪지 않은 것이 있었니?
하지만 그게 끝이 아니라는 듯
또 하나의 가혹한 타격이 우리 머리 위에 떨어지려 하고 있어.
왕위에 오른 외숙부 크레온님께서 온 도시에 칙령을 내렸어.
알고 있니? 아니면 아직 듣지 못한 거니?
우리가 사랑하는 사람이 어떤 끔찍한 저주를 받았는지.

이스메네[4]   아니, 언니.
좋은 소식도 나쁜 소식도 아무 것도 듣지 못했어.
두 오빠가 골육상쟁 끝에 서로의 목숨을 빼앗고
같은 날 같은 시에 우리 두 자매만 남기고
세상을 떠났다는 것 외에는.
아르고스에서 온 적군이 밤 사이에 물러갔다는 것 외에는.
하지만 더는 아무 것도 듣지 못했어, 슬픈 일이건 기쁜 일이건.

안티고네   그래, 그럴 줄 알았어.

들은 한편으로는 출생의 죄의식을 공유함으로써 서로에 대한 유별난 애착을 보이기
도 하며, 다른 한편으로는 바로 그 죄의식을 끊임없이 환기시키는 상대에 대해 극도
의 혐오감을 나타내기도 한다.

4   이스메네(Ismene)는 '지식을 가진'이라는 뜻으로서 특히 세속적·현실적 지혜 내지는
중용의 의미를 내포한다.

그래서 널 여기로 데려온 거야, 궁정 밖으로.[5]
너한테 비밀리에 할 말이 있어.

이스메네   무슨 말인데? 무서워, 언니.
알지 못할 어두운 그림자가 언니를 덮고 있는 것 같아.[6]

안티고네   죽은 두 오빠를 모두 묻어 줘야 해.
새 왕은 한 오빠에게는 명예를 허락했지만
다른 오빠에게는 불명예를 안겨주었어.
에테오클레스를 위해서는 망자에 합당한 예식에
온갖 영예로운 의식을 더해 장례를 치르게 했어.
그러나 폴리네이케스를 위한 왕의 칙령은
어떤 매장도 어떤 애도도 금한다는 것,
그 시신을 슬픔의 눈물로 씻지도 말고 땅에 묻지도 말라는 것,
죽음의 들판에 버려진 채로 굶주린 새떼의 먹이로 주라는 거야.
우리의 고매한 숙부 크레온님께서 그런 명을 내렸다는 거야,

---

5   "궁정 밖으로" 나온다는 것은 단지 비밀을 나누기 위한 실질적 방편일 뿐 아니라 아버지 오이디푸스의 사망 이후 법적 후견인이 되어 있는 크레온의 보호로부터 벗어난다는 의미를 지닌다. 또한 크레온이 대변하는 도시국가의 법과 제도로부터 이탈한다는 함의도 지니고 있다.

6   이스메네가 안티고네의 배후에서 느끼는 "어두운 그림자"는 그저 이스메네의 막연한 불안감이거나 이미 왕명을 거역하기로 결심한 안티고네의 비밀스럽고도 단호한 태도에서 배어나는 불길한 긴장감이길 넘어선다. 그 그림자는 먼저 죽어간 오이디푸스 가족의 망령들이며 궁극적으로는 저승의 신 하데스(Hades)와 그로 대변되는 지하의 신들의 그림자일지도 모른다. 엄밀한 그리스적 상상력으로는 사신(死神) 타나토스(Thanatos)가 가장 가까운 '그림자'일 것이다. 안티고네는 그 죽음의 그림자 속으로 이미 발을 디디고 있는 셈이다.

모든 시민에게, 너와 나를 포함해서.
어떻게 우리에게까지 그런 명을 내릴 수 있지!
그래서 곧 이 광장에 와서 칙령을 직접 발표한다는구나.[7]
만인 앞에 선포하여 어느 누구도 그 명을
가벼이 여기지 못하게 하려고 말이야.
왕명을 조금이라도 어기는 자는
시민들이 지켜보는 앞에서 돌로 쳐 죽일 거라 공언한다지.[8]
그러니 이제 우리가 고귀한 혈통의 후예인지 아닌지
결연히 증명해 보일 때가 왔어.[9]

---

7 실제로 칙령이 발표되기 전에 안티고네가 이 사실을 어떻게 먼저 알았는지는 그리 중요하지 않을 수도 있다. 하지만 공연에 따라서는 아버지로부터 미리 들은 하에몬이 이 소식을 그녀에게 전해주는 장면을 삽입하여 설명하는 경우도 있어왔다. 그런 경우, 원작에서는 한 번도 이루어지지 않는 하에몬과 안티고네의 만남을 통해 두 사람의 관계를 보다 부피감 있게 제시하기도 한다.

8 고대 지중해 및 근동지역에서 '돌로 쳐 죽임'은 법정 최고형으로서 성스러운 것을 범하거나 종교적 율법을 위반할 경우 극히 제한적으로만 적용되는 것이었다. 물론 법률로 정한 경우 외에 관습적으로 부모에 대한 불복종 및 간통 등과 같이 사회공동체의 윤리적 규범을 심각하게 훼손하는 행위에 대해 군중행동으로 이루어지는 경우가 더 많았던 것이 사실이다. 다른 처형방식에 비해 목숨이 끊어지기까지 오랜 시간이 걸리므로 일종의 고문에 의한 처형이라 할 수 있고, 무엇보다 죄인의 목숨을 거두는 일일지라도 그것이 살인인 이상 그 부담을 특정 개인에게 지우지 않고 익명의 다수가 나눠진다는데 그 취지가 있다.

9 그렇다면 안티고네는 단순히 죽음을 각오한 정도가 아니다. 그녀는 '죽을 때까지 돌에 맞을 각오'를 한 것이다. 죽음뿐 아니라 죽음에 이르는 긴 고통까지도 감내하겠다는 것이다. 그것은 "고귀한 혈통", 곧 운명에 저항하는 오이디푸스 가문의 특징인 불굴의 정신일까. 아니면 돌을 던지는 모든 사람에게 그 죗값이 돌아가게 하겠다는 오만한 윤리적 정당성의 표현일까. 그도 아니면 참혹한 운명에 의해 스러질 때만이 자신이 인간임을 느낄 수 있는 일종의 강박증일까.

이스메네	오, 언니! 일이 이 지경에 이르렀다면 우리가 뭘 할 수 있겠어? 뭘 하든 도움도 방해도 되지 않을 거야.
안티고네	내가 하려는 일에 네 손을 모아 함께 하겠니?
이스메네	대체 무슨 위험한 생각을 하고 있는 거야?
안티고네	폴리네이케스 오빠의 시신을 거두는 일.
이스메네	뭐? 오빠를 매장한다고? 왕명을 어기고?
안티고네	혈육을 저버릴 순 없어. 난 내 오빠를 땅에 묻겠어, 내 혈육이니까. 네 혈육이기도 하지, 설령 네가 원치 않는다 해도.[10]
이스메네	제 정신이야, 언니? 크레온 숙부께서 왕권으로 금지한 일을?
안티고네	왕의 권리가 내 권리를 가로막진 못해.[11]

---

[10] 여기서 세 번이나 반복되는 "혈육"(kin)이라는 말은 제도로서의 가족(family)과는 구별된다. 그것은 가족으로 사회화되기 이전의 자연적-태생적 유대, 곧 핏줄(blood)이라는 뜻에 가깝다.

[11] "권리"(right)는 '옳다고 믿는 것' 또는 '정의'로 번역될 수도 있다. 동일하게 정당한 국가와 개인의 의지가 충돌할 때, 두 가지 절대적인 윤리적 요청이 서로를 배제할 때, 비극이 발생한다는 헤겔의 관찰이 시작되는 지점이다.

이스메네	사랑하는 언니, 제발 우리 아버지를 생각해봐.
	죄악 때문에, 그것도 스스로 밝혀내신 죄악 때문에

이스메네   사랑하는 언니, 제발 우리 아버지를 생각해봐.

죄악 때문에, 그것도 스스로 밝혀내신 죄악 때문에

자신의 손으로 자신의 눈을 무참히 뽑아내신

아버지를 생각해봐.

어둠에 잠긴 눈으로 지팡이와 어린 두 딸의 연약한 손에 의지해[12]

이 세상을 방랑하시던 모습을 기억해봐.

죽음을 맞이하던 순간까지도 세상 만인의 증오와 경멸을

한 몸에 받으신 아버지를 언니는 잊은 거야?

그렇다면 그분의 아내, 아니 어머니,

아니 그 두 이름을 한 몸에 가지셨던 분,

오, 우리들의 어머니를 생각해봐!

차마 입에 담지 못할 패륜의 침상을 덮던 천을 꼬아

그분이 어떻게 그 모진 목숨을 끊었는지 제발 떠올려봐.[13]

그래도 모자란다면 이 모든 일의 마지막에,

바로 어제, 그 아버지와 어머니의 두 아들이

한 몸이던 서로의 살을 가르고 하나이던 핏줄을 끊어

그 짙은 피로 이 대지를 참혹히 물들인 것을 생각해봐.[14]

---

12 출전에 따라 테베 추방 이후 오이디푸스와 동행한 것이 두 딸 모두라는 설도 있고 안티고네 혼자였다는 설도 있다. 소포클레스가 만년에 집필한 〈콜로노스의 오이디푸스〉에서는 안티고네가 동행했고 이스메네는 테베 왕궁에 남아 방랑 중인 두 부녀와 소식을 주고받다가 오이디푸스의 임종 직전 아테네 인근 콜로노스에 와서 해후하는 것으로 묘사된다.

13 이스메네의 환기가 필요 없을 정도로 어머니 이오카스테의 자결이 안티고네에게 강렬히 각인되어 있었음은 이후 그녀 자신이 스스로 목을 매달아 자결하는 모습에 반영되어 있는 것이 아닐까.

14 참혹한 가족사를 일일이 떠올리는 이스메네의 대사를 배경의 정지장면(tableau)으로

그래서 마지막 남은 언니와 나, 우릴 생각해봐.

우리가 왕의 권한을 무시하고 법을 어겨 죽음을 맞이한다면

먼저 돌아가신 부모형제들보다 더 수치스러운 죽음이 될 거야.

또 달리 생각하면, 우린 여자야, 언니.

남자들에 맞서 싸우기에는 너무 약해.

이 세상에서 우릴 다스리는 자들은 우리보다 강해.

그러니 이 일이나 이보다 더한 일에서도

우린 그들에게 복종할 수밖에 없어.

그러니 내 힘으로는 어쩔 수 없는 이 일에 대해

난 먼저 돌아가신 분들과 지하의 신들께는 용서를 구하고[15]

든, 영상으로든, 또는 프롤로그 형식의 내레이션으로든 무대 위에 시각적으로 제시하는 경우가 적지 않다. 최근의 한 공연은 예언자 티레시아스를 서막에 등장시켜 그로 하여금 오이디푸스의 비극적 연대기를 주문을 외듯 서술하기도 했다. 하지만 소포클레스가 이 대사를 이스메네의 몫으로 남겨둔 까닭은 안티고네와 대비되는 그녀의 선택을 단지 유약한 성격에서 비롯된 권력에의 굴종 내지는 현실에의 타협으로 폄하하기보다는 그녀가 짊어진 운명의 막중한 무게를 강조하기 위해서일 것이다.

15 "지하의 신들"(Chthonian gods)은 올림포스의 신들, 곧 천상의 신들과는 연관되면서도 구별되는 신위이다. 거신족(Titans)을 물리친 크로노스(Cronos)의 세 아들 제우스, 포세이돈, 하데스가 제비뽑기를 통해 나눈 우주의 세 영역 가운데 지하(저승)는 하데스의 영토가 되고 그는 지하의 신들의 왕이자 망자들의 지배자가 된다. 또 그가 납치하여 신부로 삼은 대지의 여신 데메테르(Demeter)의 딸 페르세포네(Persephone)는 저승의 여왕이 된다. 하데스와 페르세포네가 장악하고 또 배출한 지하의 신들은 수십 명에 달한다. 대표적으로는 타나토스(Thanatos: 하데스의 사신이자 죽음의 전령), 아케론(Acheron: 하데스의 영토를 둘러싼 고통의 강의 신), 에레보스(Erebos: 영원한 어둠의 신), 에리네스(Erinyes: 세 자매 복수의 여신), 헤카테(Hecate: 원귀가 된 망자들의 여신), 레떼(Lethe: 망각의 강의 여신), 스틱스(Styx: 증오의 강의 여신), 헤르메스 크토노스(Hermes Chthonus: 망자의 영혼을 마지막 안식처로 인도하는 신) 등이 있다.

이 세상의 권력 앞에 무릎 꿇을 수밖에 없어.
이기지도 못할 싸움에 끼어드는 것은
눈먼 어리석은 짓이니까.[16]

안티고네   강요하진 않아. 아니, 이제라도 마음을 바꿔
날 돕겠다고 한들 받아들이지 않겠어.
너는 네 선택을 한 거니까.
그러나 난 오빠의 시신을 찾아 묻어줄 거야.
이 경건한 범죄의 대가로 내가 죽어야 한다면 그걸로 만족해,
죽은 오빠 곁에서 나도 함께 영원한 안식을 찾을 테니까.
내 사랑에 오빠도 사랑으로 답해줄 테니까.
인간이란 산 자들과 지내는 시간보다 훨씬 긴 시간을
망자들과 지내는 법, 난 그분들과 영원히 함께 할 거야.
하지만 이스메네, 너는 네가 선택한 대로
신들이 정한 성스러운 법을 저버려도 좋아.[17]

---

16   "눈먼 어리석은 짓"(blind folly)은 '맹목적이고 우매한', '어리석고 미친' 등으로 번역
될 수도 있겠다. 이 극에 빈번히 나타나는 일종의 핵심어로서 안티고네에게뿐 아니라
크레온에 대해서도 반복적으로, 그리고 극이 진행될수록 그에게 더 집중적으로, 적용
된다. 또한 이 극에는 '보다'(see)라는 동사의 무수한 변형이 나타나고 있는데, 그런 점
에서 비평가들은 이 극의 주제적 질문을 '누가 진실(상황의 본질)을 제대로 보는가'
라고 정의하기도 한다.

17   물론 안티고네는 여기서 천상과 지하의 신들 모두가 재가한 법을 말하고 있고 이후
크레온과의 '대결' 장면에서도 제우스신을 거명하지만, 자신의 목숨을 내놓을 만큼
망자에 대한 도리에 집착한다는 점에서 그녀가 지하의 신들에게 경도되어 있음을
간과할 수 없다. 정신분석학적 관점에서는 그것을 '죽음충동'이라 할 수도 있을 것이
다.

이스메네　신들의 법을 저버리는 게 아니야.
　　　　　다만 이 도시의 법에 맞설 힘이 우리에겐 없다는 거야.

안티고네　그건 너를 위한 변명으로나 삼아!
　　　　　난 가서 사랑하는 오빠의 시신 위에 흙을 덮을 테니까.

이스메네　언니는 제정신이 아니야!
　　　　　언니 목숨을 잃을까 겁이 나.

안티고네　네 목숨이나 걱정하고 내 걱정일랑 말아.

이스메네　정 하겠다면 적어도 아무도 모르게 해. 비밀리에 말이야.
　　　　　나도 결코 아무에게도 말하지 않을게.

안티고네　아니, 가서 나를 고발하렴!
　　　　　네가 이 일을 비밀에 부치고 세상에 알리지 않는다면
　　　　　난 널 더욱 미워할 거야.

이스메네　언닌 마치 불덩이와도 같아.
　　　　　섬뜩한 행위에 가슴 뜨거워지는 인간,
　　　　　그래, 그게 안티고네, 바로 언니야!

안티고네　난 내가 가슴 깊이 섬겨야 하는 사람을 섬길 뿐이야.

이스메네　하지만 과연 언니가 해낼 수 있을까?
　　　　　왕명이 그렇다면 경비가 삼엄할 텐데.
　　　　　도저히 불가능한 일이야!

안티고네	안 될 때 안 되더라도 해야만 해. 할 수 있는데 까지는 하고 말겠어.
이스메네	하지만 애초부터 되지 않을 일을 시작하는 게 대체 무슨 의미가 있다는 거지?
안티고네	오, 제발 그만해. 그렇지 않으면 널 증오할 거야. 죽은 오빠도 영원히 널 미워할 걸. 날 그냥 내버려 둬, 어리석든 미쳤든 그게 나야! 널 그렇게도 떨게 하는 위험을 난 당당히 마주할 거야. 왜냐하면 그 위험은 겁쟁이로 죽는 것보다 더 무섭지는 않거든.
이스메네	정 그렇다면, 분명 어리석고 미친 짓이지만 언니 뜻대로 가서 그렇게 해. 그래도 이 세상엔 여전히 언니를 사랑하는 사람들이 있다는 걸 잊지는 마.[18]

안티고네와 이스메네 각각 퇴장[19]

---

18 이스메네가 말하는 "사람들"에는 그녀 자신과 안티고네의 약혼자 하에몬이 포함될 것이다. 살아있는 혈육과 사랑하는 사람을 저버리면서까지 죽은 혈육에 집착하는 언니를 마지막으로 만류하는 것일까. 언니의 그러한 죽음충동을 경계하는 것일까. 적어도 이스메네에게는 삶을 포기하면서까지 추구할 가치는, 또는 욕망은, 상상 밖의 것이다.

19 함께 등장했던 자매가 한 사람은 궁정으로 돌아가고 다른 한 사람은 광야로 나가는 이 퇴장의 장면은 자매의 결별에 특별한 시각적 의미를 부여한다. 이스메네는 법과 제도, 상식과 절충의 세계로 회귀하지만, 안티고네는 그 모든 것을 거부하고 결연히

〈합창〉[20]

테베의 원로시민들로 이루어진 합창대 등장

송가 1 (느리고 웅장한 리듬으로 시작해 점점 빠르고 격렬한 리듬으로)

오라, 그대 황금빛 태양이여!

일곱 개 성문의 도시 테베를 수백 년 비추어 주었건만

오늘 그대의 얼굴만큼 찬란한 적 없었도다.[21]

자신의 신념/욕망을 택한다. 그리고 이 선택을 통해 그녀는 비극적 영웅이자 '초인'
이 되어 파멸의 운명을 껴안는다. 그렇다고 해서 '범인'(凡人) 이스메네의 선택을 폄
하할 수만은 없다. 오히려 두 자매 각자의 선택이 공히 정당성을 부여받을 때, 이 극의
비극성은 더욱 견고해질 것이다.

20 현존하는 여타의 그리스 비극작품과 마찬가지로 이 작품도 배우들에 의한 대화 장면
과 합창대의 춤과 노래로 이루어진 합창 장면이 교체 반복되는 구성으로 이루어진다.
대화 장면들의 대사들은 다소 느슨한 시적 운율에 맞춘 운문이지만, 합창대의 대사는
엄격한 운율과 장단을 따르고 실제로 악기 반주에 맞춘 노래로서 율동까지 곁들여진
것이었다. 다시 말해 그리스 비극 공연은 뮤지컬 내지는 오페라와 같은 음악극 형식
이었다. 공연의 규모에 따라 달라지지만 합창대는 대략 10-20명, 연주단은 10명 내외
에 이르렀다. 작품에 따라 차이가 있지만 합창은 송가(strophe)와 답가(antistrophe)로
노래를 주고받는 형식을 기본으로 하며, 합창대를 송가와 답가를 각각 담당하는 두
패로 나누는 경우도 있었을 것으로 추정된다.

21 "태양"의 원문은 "피버스"(Phoebus)로서, 특히 태양신으로서의 아폴로를 일컬을 때
붙이는 칭호이다. 제 1 합창의 첫 마디가 되는 이 호명은 두 차원의 의미가 있다. 극
의 내적 논리에 있어서는 표면적으로는 지난밤의 전투가 끝나고 승리의 아침이 밝아
오는 모습을 묘사하고 심층적으로는 아직도 어둠과 미망에 빠진 테베에 구원의 빛이
도래하기를, 곧 야만의 시간이 가고 질서를 표상하는 아폴로의 시간이 오기를 염원하
는 것이다. 한편, 극을 넘어선 공연적 차원에서는 연극 자체의 의의를 환기하는 역할
을 한다. 아테네의 연극 공연은 야외극장에서 당연히 낮 시간 태양 아래, 곧 비유로서
가 아니라 실제로 '아폴로의 눈' 앞에서 이루어졌다. 합창대가 오케스트라 가운데 서

마침내 떠올랐구나, 그대 불의 전차여!
거침없이 진군하며 어둠을 물리치는 빛의 군대여!

디르케 강의 넘실대는 물결 위로 흩뿌리는 그대 빛의 화살에
아르고스로부터 완전무장을 하고 쳐들어온
침략자들의 서릿발 같은 방패는 눈 녹듯 녹아들고
기세등등했던 진군의 대열은 목숨을 찾아
지친 말을 달리고 또 달리는 퇴각 행렬이 되었구나.

오이디푸스의 분노한 아들 폴리네이케스의 명분을 앞세워
이방의 서슬 퍼런 군대가 이 도시를 파괴하러 왔도다.
침략자를 몰고 온 자는 다름 아닌 이 땅의 아들 폴리네이케스!

눈처럼 흰 적군의 갑옷을 입고, 장창과 단창으로 무장하고
새의 깃털로 장식한 아르고스의 투구를 쓰고
한 마리 격노한 독수리 되어 무시무시한 소리를 내지르며
자신의 조국인 이 땅, 자신의 동포인 우리를 덮쳤도다!

답가 1 피에 굶주린 창을 꼬나든 채 우리들 지붕 위를 낮게 덮치고
테베의 일곱 성문 위로 솟구쳐 오르던 독수리떼,
이젠 가고 없도다!

서 하늘을 향해 두 손을 높이 들고 "피버스 아폴로"를 부르는 순간, 무대는 현실이 되
고 현실은 무대가 되는 마법의 공간이 열리는 것이다. "비극은 하나의 놀이이다. 신이
구경하는 놀이이다"라고 한 문예비평가 게오르그 루카치(Georg Lucas)의 말은 고대
그리스인들에게는 추상적 비유가 아니라 구체적 현실이었던 것이다.

날카로운 부리로도 우리의 살점을 뜯지 못하고
사나운 날개를 우리의 피로 적시지도 못하고
불붙은 화석으로도 이 도시의 망루를 무너뜨리지 못한 채
침략자는 물러갔도다!

용의 아들, 테베 전사들의 함성이
그들을 무찌르고 쫓아내었도다.
이 세상 누가 용의 아들들을 이기리오!²²

경건치 못한 오만한 자들의 자랑을
제우스께서는 극도로 미워하시나니!

침략의 무리들이 순백의 갑옷을 뽐내며
성난 파도같이 밀려들어 테베의 성문을 기어올랐을 때,
승리를 외치는 그들을 위대한 신은 불벼락으로 내리치셨도다!

송가 2   맹렬한 폭풍과도 같은 증오를 내뿜으며
광기의 횃불을 휘두르며 날아들던 독수리,
마침내 신의 형벌을 받아 땅에 떨어져 거기 쓰러져 누웠도다!

그것은 응분의 대가!
그를 따랐던 침략의 무리들 또한 같은 운명,

---

22 테베인을 "용의 아들"이라 칭하는 것은 건국신화에서 유래한다. 테베의 시조 카드모스(Cadmus)는 실종된, 실제로는 제우스신에게 납치된, 누이 유로파(Europa)를 되찾기 위해 떠난 여행길에서 아폴로의 신탁을 받아 신성한 샘물을 지키는 용을 죽이고 그 이빨을 땅에 뿌려 거기서 나온 다섯 용사들과 함께 도시국가를 창건했다.

우리의 구원자 전쟁의 신께서 보내신
끔찍한 죽음을 맞이했도다!
일곱 성문에 도전했던 아르고스의 일곱 장수들 모두
테베의 용사들 앞에 무릎을 꿇었고
땅에 떨어진 그들의 청동 무기는
우리가 세운 제우스의 신전에 바쳐지리라.

그러나 아, 가련한 운명이여!
미워해서는 안 될 자들이 서로를 미워했으니
한 어머니의 두 아들, 같은 왕의 두 자식 된 형제가
왕위를 놓고 골육상쟁을 벌이다가 서로의 목숨을 거두고
죽음의 왕관을 서로에게 씌워주고 말았도다!

답가 2 　　하지만 이제 우리 가운데로
만면에 미소를 띤 채 풍성한 월계관을 쓰고
걸어오시는 승리의 신을 보라![23]

침략자가 이 땅에서 물러갔으니
전쟁의 기억 또한 우리 마음에서 속히 지워지리라.
오라, 우리 모두 신들을 찬미하자!

---

[23]　"승리의 신"은 지금 테베인들의 눈앞에 떠오르는 태양의 신 아폴로를 지칭하는 것임에 틀림없다. 그런데 2연은 "신들"을, 3연은 디오니소스를 호명하고 있음에, 곧 만신(萬神)을 사이에 두고 아폴로와 디오니소스가 대척점에 서 있음에 유의할 필요가 있다. 니체(Nietzsche)의 〈비극의 탄생〉이 아니더라도, 이 두 신이 고대 그리스인들의 종교적-신화적 상상력의 근원적 지평을 이루고 삶의 두 원리를 표상하고 있었음을 시사하는 대목이다.

이 땅의 수호자 디오니소스여!
우리 모두 그대의 신전과 사당에 횃불을 밝히고
그대를 따라 밤을 새워 성스런 춤을 추리라.[24]

합창대장   잠깐! 저기 크레온님께서 오고 계시오.
            신들께서 우리에게 허락한 이 행운 속에

---

24 디오니소스(Dionysus)가 "이 땅의 수호자"인 것은 그가 테베의 시조인 카드모스의 딸
세멜레(Semele)와 제우스 사이의 아들이기 때문이다. 태어나자마자 질투에 찬 헤라
여신의 사주에 의해 살해되었으나 제우스가 부활시켜 원래 반신반인인 디오니소스
를 신의 반열에 올렸다. 죽음과 부활을 통해 신성을 획득했기에 자연의 순환을 상징
하는 농경과 풍요의 신이기도 했으며 산 자와 죽은 자를 매개하는 영매(靈媒)의 신이
기도 했다. 디오니소스의 횃불은 아래로 향하면 저승의 어둠을 밝히고 위로 치켜들면
생명의 부활을 선언하는, 곧 죽음을 통한 죽음으로부터의 해방을 의미하는 횃불이다.
삶 가운데 이 해방의 체험은 종종 포도주에 취해 인간의 일상적 자아가 벗겨지고 억
제되지 않은 본능으로서의 근원적 생명력이 분출되는 도취와 황홀경 속에서 이루어
진다. "성스런 춤"은 광란에 가까운 주연(酒宴)의 형태를 띠었던 디오니소스 숭배제
의의 격렬한 춤을 가리키는데, 그것은 인간과 목양신 사티로스(Satyr 또는 Pan)가 한
데 어울려 추는 — 상징적으로 인간이 신의 경지에 도달하는 — 입신(入神)의 춤이다.
이 '성스런 춤'의 황홀경적 체험을 통해 인간은 개체적 자아의 죽음에 의한 근원적 생
명력의 회복, 곧 디오니소스가 표상하는 '부활'을 성취한다는 것이다.
따라서 답가 2의 1연이 아폴로가 상징하는 승리와 사회적 질서의 복구를 선언하고,
만신을 부르는 2연은 우주적 조화의 복구를 기원하는 것이라면, 3연은 그러한 질서
와 조화의 궁극적인 복구는 산 자와 죽은 자의 화해, 그리고 신과 인간의 합일을 통해
서만 가능하다는 인식을 보여준다. 승리에 도취되거나 전쟁의 상흔이 불러일으키는
분노와 슬픔에 매몰되어 있을 때가 아니라 이 모두를 초월하는 근원적 생명력을 회
복해야 할 때라는 것이다. 현실의 엄정한 질서와 엄격한 구분을 요구하는 아폴로의
시간이 아니라 사랑과 증오, 삶과 죽음, 피아(彼我)가 혼연일체가 되어야 할 디오니
스의 시간이라는 것이다. 이것이 〈안티고네〉의 가장 깊은 저류를 형성하는 인식이다.
아이러니컬하게도, 아니 극작법적으로는 적확하게도, 바로 다음 순간 등장하는 것은
아폴로의 위임자를 자처하는 크레온이요 그의 첫 일성은 이러한 인식을 전면적으로
부인하고 엄격한 경계를 강압하는 현실원칙을 선언하는 것이다.

새로 왕위에 즉위하신 분.
오늘 아침 이 원로회의를 소집한 분도 왕이시니
과연 그 뜻이 무엇인지 궁금하오.

대화와 합창 1

Episode & Stasimon 1

이 세상 만물의 경이로움을 보라.

하지만 만물 가운데 인간만큼 경이로운 존재가 또 있으랴!

인간의 언어는 얼마나 유려하고

그 사유는 얼마나 빨리 날며 그 정신은 얼마나 신묘한가!

자신을 위협하는 모든 것으로부터

스스로를 자유하게 하는 인간의 지혜는 한이 없도다!

〈대화〉

시종들과 함께 크레온 등장

크레온[25]   테베의 원로시민 여러분!
이 나라의 운명을 전쟁의 성난 파도에 휩쓸리게 하셨던
바로 그 신들께서 이제 다시 한 번 이 나라를 바로 세우셨소.
그리고 왕위에 오른 나를 통해
이 나라를 더욱 바로 세우고자 하시오.
왕으로서의 첫 칙령을 내리기 위해
원로회의를 소집한 것은 바로 그러한 이유에서요.
이 자리에 함께 한 여러분이야말로
모든 시민들 가운데 경륜과 지혜가 가장 뛰어난 분들이오.
여러분이 그 옛날 라이우스 왕께 얼마나 충성했으며
오이디푸스가 이 나라를 통치할 때 그를 얼마나 존중했으며
그가 실권했을 때조차 그 아들들의 권리를 얼마나 옹호했는지
나는 잘 알고 있소.
그 삼대에 걸쳐 여러분의 충성심에는
한 치 흔들림이 없었음을 잘 알고 있소.[26]

---

25 크레온(Creon)은 '다스리는 자'라는 뜻이다. 이름 자체가 '통치자'인 셈이다. 크레온
의 가계는 카드모스와 함께 테베를 건설한 다섯 용사의 가문에 속한다. 카드모스가
죽인 용의 이빨에서 나온 용사 가문은 도시국가 수립과 함께 새로운 사회질서에 편
입된 부족사회 세력을 상징하는 것으로 풀이된다.

26 "그 삼대"를 강조함으로써 크레온은 그들이 테베 왕가의 적통임은 물론, 동시에 죄
악과 저주로 이어진 혈통임을 은연중에 암시하고 있는 것은 아닐까. 크레온의 오이디

그러나 오이디푸스 왕의 두 아들

폴리네이케스와 에테오클레스는 골육상쟁의 칼로

서로를 죽임으로써 같은 날 같은 운명을 맞이했고,

이제 그들의 가장 가까운 혈육인 내가

친족의 권리로 왕좌와 왕권을 취하게 되었소.[27]

통치, 그것도 법에 의한 통치의 경륜으로

지도자의 자질을 스스로 입증해 보이기 전에는

한 인간의 기질과 성품과 정신은 쉽게 알 수가 없는 법이오.

국가라는 큰 배를 지휘하되

가장 현명한 방향으로 배를 조타하지 못하거나

용기가 부족하거나 생각과 말이 다른 사람이라면

통치자로서 그는 무용지물일 것이오.

또 이 도시보다 자신의 친구를 더 중히 여기는 자라면

통치자로서 그는 경멸받아 마땅할 것이오.

푸스 가문에 대한 도덕적 혐오는 안티고네에 대한 그의 태도에서도 곧 드러날 것이다.

27 크레온은 오이디푸스의 어머니/아내인 이오카스테의 오빠, 따라서 오이디푸스의 자녀들에게는 외삼촌이자 큰 외할아버지가 된다. 그가 여기서 "친족의 권리"를 왕위 승계의 근거로 내세우는 것은 이중의 아이러니를 갖는다. 먼저, 권리는 취하면서 -- 조카의 시신을 모욕함으로써 -- 친족의 의무는 저버린다는 점이다. 또 하나는 왕가의 혈통이 아닌 외척으로서 적통성과 차별성을 동시에 강조하기 위해서 "친족"에 의존한다는 점이다. 혈통이 아니라 법에 의한 통치를 역설하는 이어지는 대사는 정치적 원리로서의 법치주의를 천명하는 것이면서 동시에, 암시적으로, 오이디푸스 가문에 의한 죄악의 시대는 가고 이제 새로운 시대가 도래함을 선언하는 것으로 읽힌다. 물론 이 장면에는 기원전 5세기 중반 아테네의 정치적 풍경이 겹쳐진다. 전통적 엘리트 가문들의 정치적 영향력을 견제하려는 페리클레스의 모습이 크레온의 '법치주의' 연설에 투영되어 있는 것이다.

이제 이 나라의 통치권을 맡은 나는
시민들의 안전을 위협하는 파괴적 행위에 대해
결단코 잠자코 있지 않을 것이오.
또한 제우스신께 맹세하거니와,
나는 이 나라의 적을 결단코 친구로 대하지 않겠소.
왜냐고요?
여러분, 명심하시오.
우리 각자를 지켜주는 것은 바로 이 나라, 이 도시이기 때문이오.
국가라는 배를 타고 우리는 폭풍 속을 항해하고 있소.[28]
거친 바다를 뚫고 안전한 항구에 가닿을 때만이
우리는 비로소 충성스러운 친구로 남게 될 것이오.
내가 믿는 것은 바로 그것이오.
그 믿음으로 나는
우리들의 이 위대한 도시국가를 수호해 나갈 것이오.
그리고 이제 동일한 믿음으로 나는
오이디푸스의 두 아들에 관해 다음과 같은 칙령을 선포하겠소.
조국을 위해 용맹하게 싸우다 자신의 목숨을 바친 자,
곧 에테오클레스에게는 정결한 매장의 의식과
명예로운 죽음에 바쳐지는 온갖 성대한 예우를 베풀 것이오.
그러나 그의 형, 곧 폴리네이케스라는 수치스런 이름을 가진 자,[29]
망명에서 돌아와 자신의 조국을 침탈하고

---

28   도시국가를 "배"에, 그 운명을 "항해"에 비유하는 것은 해양 세력인 아테네의 전형적
인 정치적 수사법이었으며 실제로 페리클레스의 연설에 자주 나타나는 비유다.

29   에테오클레스(Eteocles)라는 이름은 "참으로 영광스러운"이라는 뜻을, 폴리네이케스
(Polyneices)라는 이름은 "몇 곱절의 다툼"이라는 뜻을 가진다.

조상신들의 신전을 불태우고 형제동포의 피를 들이키며

우리 모두를 노예로 삼으려한 자에 대해서는

나는 모든 테베인들 앞에 엄정하게 선포하오.

누구도 그에게 장례를 베풀지 말고 어떤 애도도 드리지 말라!

누구도 그의 시체를 땅에 묻지 말고 광야에 버려진 채

굶주린 들개와 탐욕스런 새떼의 먹이가 되게 하라![30]

이것이 내 뜻이며 곧 국가의 명령이오.

악한 자가 올바른 자보다 더 큰 명예를 얻는 일 따윈

내 통치 하에서는 결코 없을 것이오.

반대로, 살아서든 죽어서든

이 도시에 충성과 사랑을 바치는 자는

반드시 나의 칭송과 보답을 얻을 것이오.[31]

---

30 고대 지중해권 및 근동 문화 일반에 걸쳐 시신을 매장하지 않고 방기하는 것은 사회적-종교적으로 금기시되는 지탄받을 행위이다. 그것은 비단 망자에 대한 예를 지키지 않는 우를 범하는 것일 뿐 아니라 시신을 나병환자의 몸과 같이 '오염된 몸'으로 간주하는 종교적 관념상, 그 오염이 시신과 직접 접촉하는 자는 물론 시신을 방기한 사회공동체 전체에 전염된다는 종교적 두려움을 자아내기 때문이다. 페리클레스 당대 아테네에서도 반역자에 대한 처벌로서 국가 영토 내에 매장을 금지하는 경우는 있었지만, 크레온의 명령처럼 명백히 시신훼손을 목적으로 매장 자체를 금지하는 경우는 없었다고 한다. 극의 흐름에 비춰볼 때에도, 크레온의 명령은 바로 선행한 시민들의 합창, 즉 전쟁 직후의 평화와 화해의 절실한 염원을 정면으로 부인하는 예외적이고 과잉된 조치로 받아들여질지 모른다.

31 크레온의 모습에 '개혁주의자' 페리클레스가 투영되어 있다면, 당대 아테네 관객들에게 극중 크레온의 오이디푸스 가문 '숙청' 작업의 정치적 의미는 도시국가의 세습 왕권(귀족정치)을 지탱해온 전근대적 혈통주의의 청산과 국가주의/법치주의(민주주의)의 확립이라는 시대적 소명으로 읽혔을 가능성을 배제할 수 없다. 문제는 -- 페리클레스의 수많은 개혁 정책들이 귀족뿐 아니라 시민사회의 강력한 반발을 불러일으켰음은 잘 알려진 사실이거니와 -- 많은 개혁주의자들이 자신의 역사의식의 정당

합창대장	왕이시여, 진정 그것이 당신의 뜻인 줄 알겠습니다.
	왕께서는 이 도시의 수호자와 적 모두에게
	공정하기 이를 데 없는 보상을 내리셨습니다.
	지극히 높은 왕위에 오르셨으니 왕께서 세우는 법은
	산 자와 죽은 자 모두를 지배할 것입니다.[32]
크레온	그렇다면 그대들이 몸소 이 칙령의 수호자가
	되어 주리라 믿겠소.
합창대장	보시다시피 저희는 연로한지라
	새 일은 부디 젊은이들에게 맡기십시오.
크레온	반역자의 시신을 지키는 일은 이미 병사들에게 맡겨 놓았소.
합창대장	그 외에 어떤 일을 저희에게 맡기시려는지요?
크레온	내 명을 따르지 않는 자들을 절대 용인하지 말라는 것이오.
합창대장	누가 죽음을 바랄 만큼 어리석겠습니까?

성과 무오류성에 대한 맹목적 신념에 사로잡히는 경향을 보인다는 것이다. 크레온에게 그것이 맹목적인 것은 비단 국가윤리에 도전하는 친족윤리를 부인할 뿐 아니라 무엇보다 인간존재의 불가의성, 곧 정치적 사유로는 설명될 길 없는 인간의 근원적 욕망들을 도외시하기 때문이다.

32　새 왕의 '예외적이고 과잉된' 명령을 추인하는 원로시민들(합창대)의 태도를 전적인 찬동이기보다 유보적 동의로 읽게 되는 것은 그것이 '우리 모두'가 아니라 "당신의 뜻"이라는 미묘한 거리두기는 물론, 이어지는 책임의 기피에서 크레온의 '금기 위반'에 대한 그들의 당혹스런 반응이 보다 분명하게 드러나기 때문이다.

크레온   이 명을 어긴다면 정녕 죽음으로 대가를 치러야 할 것이오.
　　　　　하지만 이득을 좇는 인간은 파멸의 유혹에 곧잘 빠지는 법.

　　　　　파수병 등장

파수병   왕이시여, 급한 전갈을 드리러 왔습니다.
　　　　　그래도 숨이 끊어져라 달려왔다고 말씀드리긴 어렵습지요.
　　　　　사실 몇 번이고 발걸음을 멈추고 생각하다가
　　　　　오던 길을 되돌아가려고도 했거든요.
　　　　　제 마음은 뒤죽박죽, 여러 목소리가 한꺼번에 들려왔습니다.
　　　　　"이 바보야, 왜 사서 매를 맞으려 하니?"라는 말이 들리다가
　　　　　"뭐? 알리지 않겠다고? 이 썩을 놈아!
　　　　　그랬다가 크레온님께서 이 소식을 다른 자에게서 듣게 된다면
　　　　　네놈 목숨 줄이 끊어질 걸"하는 말도 들려왔습죠.
　　　　　오는 길 내내 이렇게 저 혼자서 갑론을박 하다 보니
　　　　　그다지 먼 길이 아닌데도 십리길 오는 듯 힘들었습니다.
　　　　　하지만 마침내 결론을 내렸고, 그 결론은 이렇습니다요:
　　　　　"가서 말하자. 아마 호되게 당할지도 몰라.
　　　　　그래도 가서 말하자. 모든 게 팔자소관,
　　　　　타고난 팔자보다 더 나쁜 일이야 있을라고."
　　　　　그렇게 생각하니 위로가 되더군요.[33]

33　파수병의 역할은 원로시민으로 이루어진 합창대와는 또 달리 서민적-민중적 관점을 대변하는 데 있다. 그의 장황하고 다소 희극적인 언변은 왕의 칙령이 가져온 마치 계엄령 하의 살얼음판 같은 분위기를 역설적으로 강조해주며, 이어지는 시신 매장에 대한 그의 태도는 '보통' 시민들의 -- 나중에 하에몬이 "시민들의 불만"이라 전하는 -- 관점을 제시해준다.

크레온	도대체 무슨 일이기에 서론이 이렇게 장황한가?

파수병	먼저 제 자신으로 말씀드릴 것 같으면, 저는 그 일이 일어나는 걸 보지도 못했고 누가 그 일을 저질렀는지 알지도 못합니다. 그러니 그 일 때문에 제가 무슨 벌을 받는다면 그건 결코 옳지 않은 일입죠.

크레온	아주 그럴싸하게 변명을 늘어놓으며 제 몸을 간수하려 드는구나. 무슨 불길한 소식이라도 가져온 거냐?

파수병	실은 그렇습니다요. 나쁜 소식이라 당최 입을 떼기가 어렵군요.

크레온	네 이놈! 가져온 소식을 어서 전하고 냉큼 물러가거라.

파수병	전하고 물러가라굽쇼? 그렇다면 얼른 말씀드리겠습니다요. 거시기, 그, 시체 말씀인뎁쇼, 누군가가 그 시체를 슬쩍 묻어주고는 사라졌습니다요. 시신 위에 마른 흙을 좀 뿌려준 거죠. 최소한의 장례의식이랄까, 뭐.

크레온	뭐라고? 시체를 매장했다고? 감히 어떤 자가 내 명을 거역했단 말인가?

파수병	그걸 제가 어떻게 알겠습니까요? 곡괭이를 사용한 흔적도, 땅을 파헤친 흔적도 없었고 메마른 날씨에 단단해진 흙은 원래 그대로였습죠.

수레가 지나간 흔적도 없었고요.
한 마디로 그 일을 행한 자는
털끝 하나 남기지 않고 사라졌습니다.
일은 분명 새벽녘에 이루어졌습니다.
제 앞에 보초를 서던 녀석들도
제가 교대하러 가기 전까지는 아무 것도 몰랐으니까요.
신통한 것은 땅에 묻은 것도 아니고
고운 흙으로 살짝 덮었을 뿐인데도
참혹한 시신의 모습은 제대로 가려졌다는 것입죠.
누군가 저주를 피하려고 흙을 뿌린 것처럼 말이지요.
시신을 이리저리 살펴봤지만
들개나 새들이 시신을 파먹은 흔적은 없었거든요.
보초들 사이에 큰 싸움이 났습죠.
서로를 욕하다가 말리는 사람도 없으니
나중엔 주먹다짐까지 벌어졌어요.
모두들 헐벗은 시신을 보는 것을 꺼림칙해 했으면서도
막상 일이 이렇게 되자 두려움을 느낀 겁니다.
그래서 다들 자기는 이 일과 상관이 없다,
자기가 잘못한 건 없다고 떠들어댔습죠.
사실 저희 보초들은 신들께 맹세코 이 일을 행하지도 않았고
이 일을 행한 자와 공모하거나
그자를 은닉하지도 않았음을 증명하기 위해
손가락에 장을 지지라면 지지고
불구덩이 속을 걸으라면 걸을 각오가 되어 있습니다요.
저희가 어찌해야 좋을지 모르고 있는데 한 친구가 말했습죠:

"이 일을 크레온님께 보고해야 돼. 숨길 수는 없지 않은가?"
그 말이 마른 하늘 날벼락 같이 우리 머릴 쳤지만
다들 공포에 사로잡힌 채 묵묵부답,
왕께 이 소식을 전하는 자가 무슨 보상을 받을지는
뻔하다는 생각으로 잔머리를 굴리기 시작했습죠.
결국 뽑기를 해서 지지리도 운이 없는 제가 당첨,
이 자리에 서게 된 것입니다요.
죽지 못해서, 그리고 아마 곧 죽을지도 모르는 채 말입니다.
나쁜 소식을 전하는 자의 목이 안전할리 없으니까요.

합창대장 왕이시여, 문득 그런 생각이 듭니다:
"보이지 않는 신의 손이 움직인 것은 아닌가?"

크레온 입을 다무시오! 내 분노를 살 생각이 아니라면.
그대가 연로한 것은 알지만
그렇다고 어리석기까지 할 생각이오?
그 반역자의 시신에 신들께서 일말의 동정이라도
가질 거라 생각하다니, 그게 말이나 되오?
뭐라고?
둥근 기둥으로 떠받친 신전을 불태우고
신전의 온갖 재물을 약탈하고
신들이 굽어보시는 이 땅을 침탈하여
이 나라의 법도를 뒤집어놓은 자를
신들께서 신들을 공경하는 자들과 마찬가지로
버젓한 장례를 허락하신다?
그럴 리가 있소!

아니면, 신들께서 악인을 더 사랑하신다?
말이나 될 법한 소리요!
아니지, 문제는 처음부터 내가 내린 칙령에
군말을 수군대는 자들이 있었다는 거지.
보이지 않는 곳에서 머리를 흔들어대고
왕으로서의 내 권위를 미심쩍어하며
불만을 품은 자들이 있었다는 거지.
그런 역모의 무리 가운데 누군가가
돈으로 이 일을 사주한 게 틀림없어.
이 세상 모든 악한 것들 가운데 돈만큼 악한 것이 없지.
돈 때문에 도시의 성문을 적에게 열어주고
돈 때문에 자신의 조국을 저버리고
돈 때문에 정직하던 마음도 수치스런 행위를 마다않지.
바로 그 돈 때문에 이 세상 모든 악행과 불경이 저질러지는 법.
돈에다 자신을 팔아먹은 이 범죄자들은 바로 그 돈으로
자신의 파멸을 샀음을 알아야 할 것이오.
왜냐하면 돈이 아니라 제우스의 왕좌를 공경하는 내가,
그로부터 이 도시의 통치권을 받아든 내가,
신들께 맹세하여 말하건대,

(파수병을 향해 돌아선다)

네놈이 당장 가서 시신에 흙을 뿌린 자를 찾아
오늘 중에 내 앞에 끌고 오지 못한다면
단지 죽음을 맞는 것으로는 부족할 것이다.
네놈을 산 채로 목을 높이 매달아 이 범죄를 낱낱이 밝히게 하고

앞으로 돈 때문에 범죄하는 자들에게 본보기로 삼을 것이며
함부로 돈을 받았다가는 어떤 꼴을 당할지 가르칠 테다.
부당한 소득이 있는 곳에는 번영이 아니라 파멸이 있다는 것을
만천하에 보여줄 것이다.

파수병   한 마디 더 올릴까요? 아니면 이대로 갈깝쇼?

크레온   네놈 목소리는 듣기만 해도 역겹구나.

파수병   제 목소리가 귀에 거슬리십니까, 마음에 거슬리십니까?

크레온   네놈이 이젠 내 마음속까지 들여다보려는 거냐?

파수병   폐하의 마음을 상하게 한 건 그 일을 행한 자지요.
            저는 다만 폐하의 귀를 좀 긁었을 뿐이고요.

크레온   그 입 좀 다물지 못하겠느냐!
            입만 되바라진 이 멍청한 놈!

파수병   바로 그렇습죠. 저같이 멍청한 놈이
            그런 일을 행하기는커녕 생각이나 할 수가 있겠습니까?

크레온   그렇지! 그래도 공모는 할 수 있었겠지.
            네놈 목숨을 파는 줄도 모르고 돈을 받아 챙겼겠지!

파수병   그렇게 함부로 판단하시면 틀린 판단이 되기 십상입니다요.

크레온   내 판단에 대해 네놈이 뭐라 말하든 상관없다.

분명한 것은 당장 가서 왕명을 어긴 그자를 끌고 오라는 것이다.
만약 그렇게 못한다면 비열한 거래의 결과가
어떤 형벌을 초래하는지
네놈 스스로 세상에 똑똑히 보여주게 될 것이다.

파수병   신들이시여, 그자를 찾도록 도우소서!
하지만 그자를 찾든 못 찾든 –
왜냐하면 그런 일에는 운이 따라야 하기 때문입죠 –
제가 이 자리에 다시 돌아오는 일은 없을 겁니다.
이 죽음의 자리에서 나를 구원하신 신들께 감사!

크레온과 파수병 각각 퇴장

〈합창〉

송가 1   (느리고 장중한 리듬)
이 세상 만물의 경이로움을 보라.
하지만 만물 가운데 인간만큼 경이로운 존재가 또 있으랴![34]

망망대해, 폭풍의 광기로 깊은 물이 뒤집히고
험상궂은 물결이 으르렁거리며 덤벼들어도
성채와 같이 거대한 파도를 뚫고

---

34 "경이로운"(deina)은 '경탄'의 긍정적인 뜻뿐 아니라 '무시무시한'이라는 부정적인 뉘앙스도 담고 있다. 그 점을 고려하면 '불가사의한'이라고 번역할 수도 있겠다.

인간은 자신이 나아갈 길을 만들어낸다!

무한영원의 대지, 그 견고한 대지의 살을
인간은 황소에 쟁기를 걸고
계절에 계절을 연하며
종횡으로, 앞뒤로 끊임없이 갈아엎는다!

답가 1   자연의 온갖 무수한 생명들,
인간의 손아귀를 벗어나지 못한다!

즐거이 노래하며 창공을 나는 새들도
거친 들판을 질주하며 포효하는 용맹한 짐승들도
깊은 바다 속을 유영하는 온갖 물고기들도
인간이 친 강한 덫과 견고한 그물을 피하지 못한다!

그렇게 지혜롭고 교묘한 것이 바로 인간!
그 교묘한 지혜로 인간은 깊은 산 맹수와
갈기 휘날리는 말과 엄청난 힘의 황소를 굴복시켜
만물의 주인이 되었도다!

송가 2   인간의 언어는 얼마나 유려하고
그 사유는 얼마나 빨리 날며 그 정신은 얼마나 신묘한가!

이 모든 재능으로 인간은 차가운 서릿발에 떨고
혹독한 비바람에 시달리는 대신
견고하고 찬란한 도시를 건설했으니,

자신을 위협하는 모든 것으로부터
스스로를 자유하게 하는 인간의 지혜는 한이 없도다!

비록 죽음의 신만은 피할 길 없다 해도
온갖 질병으로부터 자신을 구할 수 있는 것이
바로 인간이로다!

답가 2   인간이 성취한 지혜와 업적은 실로 놀라우나
그로 인해 선에도 이르고 악에도 이르는 것이 또한 인간!

인간사회의 법도를 지키고 신들이 정한 의로운 길을 걸을 때
인간의 삶은 명예로우나,
마음의 중심을 잃고 죄와 손을 잡을 때
인간의 삶은 치욕을 면치 못하리니!

신들이시여, 내 마음이 그와 같지 않도록 지켜주시고
그렇게 불경한 자가 나와 한 지붕 아래
거하지 않게 해주소서!³⁵

---

35   이 장면의 합창은 종종 "인간예찬"이라 이름 붙여져 왔다. 하지만 대자연에 맞서는
불굴의 의지와 그것을 정복해 문명을 일구는 탁월한 지혜를 가진 "만물의 주인"인 인
간이 또한 죽음 앞에 유한한 존재, 선악을 동시에 품은 존재, 의와 죄 사이에 찢긴 존
재임을 노래함으로써 궁극적으로는 인간의 불가사의함(deina)을 적시한다. 그러한
관점 안에서 안티고네와 크레온이 구현하는 인간을 조망하라는 것이다.

대화와 합창 2
Episode & Stasimon 2

오이디푸스의 무덤

보라, 테베를 다스려온 왕가에

어떻게 오랜 슬픔이 다시 솟구쳐 오르는가를!

어떻게 재난에 재난이 꼬리를 물고 달려드는가를!

대대로 이어온 운명을 이 세대 또한 물려받게 되었으니,

어떤 신이 그들을 몰아치며

어떤 신이 그들을 끝끝내 놓아주지 않는단 말인가!

〈대화〉

안티고네와 함께 파수병 등장

합창대장   이 무슨 악령의 장난이란 말인가?
이는 우리 모두 잘 아는 안티고네가 아닌가?
하지만 어떻게 나더러 이 일을 믿으란 말인가?
오, 불행한 아비의 불행한 딸 안티고네여!
이 무슨 일이오? 정녕 당신이란 말이오?
왕의 칙령을 어길 만큼 그렇게 미친 자가?
이 도시의 통치권에 도전할 만큼 그렇게 무모한 자가?

파수병   여기 그 일을 행한 자가 있습니다요.
바로 이 여인입니다.
이번에는 시신을 매장하고 있는 현장에서 바로 붙잡았습지요.
그런데 크레온님께서는 어디 계신지요?

합창대장   때를 맞춘 듯 바로 저기 오시네.

시종들과 함께 크레온 등장

크레온   무슨 일이오? 내가 때 맞춰 왔다니?

파수병   왕이시여, 맹세라는 게 섣불리 할 게 아닌 모양입니다.
생각해보면 사람 일이라는 게 꼭 그렇게 되는 게 아니거든요.
아까는 우박처럼 쏟아지던 당신의 진노에 겁먹어

90

다시는 여기 돌아오지 않으리라 맹세했습죠.

하지만 바랄 수 있는 최대의 희망보다 더 큰 기쁨이

그 맹세를 쓱싹 밀어내버렸습니다.

그래서 애초의 맹세를 저버리고 제가 여기 다시 오게 되었답니다.

그 시신의 장례를 치르고 있다가

현장에서 발각된 이 여자를 이렇게 데리고 말입니다요.

이번엔 동료들 사이에 제비뽑기를 할 필요도 없었답니다.

당연히 제가 와야죠.

자, 그러니 왕이시여, 이제 마음대로 하십시오.

이 여자를 데려다가 조사를 하시든 심문을 하시든

저는 상관 않겠습니다요.

다만 제가 무죄라는 것과 자유의 몸이라는 것을

감히 주장하는 바입니다.

크레온   왜 이 여자를 데려왔느냐? 어디서 그녀를 체포했다고?

파수병   시체를 매장하는 현장에서요.
　　　　아, 글쎄 그렇다니까요.

크레온   네가 지금 무슨 말을 하는 건지 알고 있느냐?
　　　　정녕 그랬더란 말이냐?

파수병   이 두 눈으로 이 여자가 당신께서 금하신 그 시신에
　　　　장례를 치러주는 것을 똑똑히 보았다니까요.
　　　　아, 제 말을 못 알아 들으십니까요?

크레온	어떻게 저 애를 범행을 저지르는 현장에서 붙잡을 수 있었더냐?
파수병	그럼 자초지종을 말씀 드리겠습니다.

우리는 왕께서 내리신 지엄하신 명령에 쫓겨

문제의 그 장소로 갔습죠.

가서 끈적끈적해지기 시작한 시신을 덮고 있는 흙을

한줌 한줌 말끔히 덜어내어

시신의 끔찍한 모습이 그대로 드러나게 해두었지요.

그리고는 시신 썩는 냄새를 피하기 위해

언덕 위에 자리를 잡고 바람을 등진 채 망을 보기 시작했습니다.

눈을 부릅뜨고 망을 봤지요.

누구 하나 조금이라도 한 눈을 팔면 욕을 퍼부어대곤 했습죠.

그렇게 한참 시간이 가서 중천에 떠오른 뜨거운 태양이

우리를 태울 듯이 내리비칠 때였습니다.

그때 갑자기 하늘로부터 한 줄기 돌풍이 불어 닥치더니

거대한 모래바람을 몰고 와서는

사방천지를 캄캄하게 만들었습니다.

공기는 모래먼지로 가득 차고

제 어미의 몸에서 뜯겨져 나온 나뭇잎들이 미친 듯 휘날렸습니다.

이 천재지변을 견디기 위해 우리는 눈을 질끈 감고 버텼습지요.

그러다 들이닥친 것처럼 홀연히 모래바람이 사라졌습니다.

그리고 그 자리에 남아 있는 이 여자를 보았습니다.

그녀는 차마 들을 수 없을 정도로 괴로운 소리로 울고 있었지요.

그건 마치 먹이를 찾아 물고 돌아왔는데

새끼들이 사라진 텅 빈 둥지를 보았을 때

어미새가 내지르는 울음 같달까요.[36]

새벽에 덮었던 흙이 걷어지고

썩어가는 시신의 모습이 그대로 드러난 걸 보고는

바로 그런 어미새와 같이 이 여자는 고뇌에 찬 울음소리를

시신에 그 짓을 한 자들에 대한 저주와 함께 토했습지요.

그리고는 마른 흙 한 줌을 가져와 다시 시신에 뿌리고

청동 항아리를 머리 위로 높이 들어

망자를 위한 제주를 세 번 정중하게 뿌리는 게 아니겠습니까.

넋을 놓고 바라보고 있던 우리는 정신이 번쩍 들어

신속하게 달려가 그녀를 체포했습죠.

이 일과 또 새벽녘에 저지른 일에 대한 혐의로요.

순순히 우리 말을 따르더군요,

두 가지 범행을 전혀 부인하지도 않고요.

그제서야 전 얼마나 마음이 놓이던지,

그러면서도 얼마나 가슴이 아프던지.

----

36 '반역자'의 누이임을 알고 있음에도 파수병이 안티고네를 "새끼 잃은 어미새"로 비유하는 것은 즉각적인 문맥에서는 파수병이 대변하는 일반시민의 안티고네의 행위에 대한 윤리적 공감을 말해준다. 모성(친족)의 자연법을 국가법보다 더 근원적인 것으로 인지하는 것이다. 하지만 오이디푸스의 뒤엉킨 가계 내에서는 이것이 단지 '비유'가 아닐 수도 있다. 안티고네에게 오이디푸스가 아버지이자 오빠인 것처럼 폴리네이케스는 오빠이자 조카가 되기 때문이다. 이런 이중의 혈연관계가 안티고네의 '과잉'된 애도를 설명해주지 않을까. 이스메네와의 장면에서 보이던 무서울 정도로 결연한 모습이 오빠의 시신 앞에서는 세상의 핏줄 모두를 잃어버린 듯 절망에 찬 통곡을 터뜨리는 모습으로 변했으니. 어쩌면 안티고네는 오이디푸스와 폴리네이케스, 두 '오빠'의 죽음을 함께 슬퍼하고 있는 것인지도 모른다. 어쩌면 어머니를 대신해 두 '자식'을 잃은 것에 절규하고 있는 것인지도. 이미 새벽녘에 시신에 흙을 뿌렸음에도 그녀가 다시 돌아와 애곡한다는 사실 또한 이러한 '이중'의 혈연을 강조한다.

옳은 사람을 잡아들이자니, 원.
뭐, 어쩔 수 없지요, 그렇다고 제 목숨을 내놓을 순 없으니까요.

크레온 땅만 내려다보고 있는 거기 너!³⁷
이 자의 말을 시인하느냐, 아니면 부인하느냐?

안티고네 부인하지 않습니다. 모두 시인합니다.

크레온 (파수병에게)
그렇다면 넌 이제 가도 좋다. 어디든 마음대로 가도 좋다.
네게 주어졌던 혐의는 사라졌으니.

(파수병 퇴장. 안티고네에게)

이제 네게 묻겠다.
짤막하게 대답해라, 긴 말은 필요 없으니.
그것이 금지된 일인 줄 몰랐더냐?

안티고네 물론 알고 있었습니다. 칙령의 포고가 있었지요.

크레온 알고 있었다?
알면서도 감히 법을 어길 생각을 했더란 말이냐?

---

37 땅을 향하고 있는 안티고네의 시선은 세상을 향해 고개를 들 수 없는 죄인의 것이 아니라 — 애도를 다하지 못한 햄릿처럼 — 망자들에 대한 달랠 길 없는 그리움이며, 나아가 이미 각오한 그녀 자신의 죽음을, 흙으로 돌아갈 자신을, 결연하고도 담담하게 내다보고 있는 시선일 것이다.

안티고네   그 칙령은 제우스신께서 선포하신 법이 아니니까요.

또한 망자의 영토를 다스리는 그 어떤 신들도

그런 법을 인간에게 내리지는 않으실 거니까요.

더욱이 저는 인간인 당신이 내리신 칙령이

하늘의 법도를 넘어설 수 있다고 생각지 않습니다.

하늘의 법은 인간의 문자로 쓰여 있지 않으며

그렇기에 오히려 불변하는 것입니다.

하늘의 법은 오늘이나 어제를 다스리지 않고

인간의 시간을 넘어선 영원을 다스립니다.

인간이 알 길 없는 태초에 탄생한 영원한 법이지요.[38]

내가 인간이 두려워서 그런 신들의 법을 어기고

영원한 심판대 앞에 서겠습니까?

내가 죽어야 한다는 것을 잘 압니다,

당신의 그 칙령이 아니라 하더라도 말입니다.

때 이른 죽음을 맞이한다면

난 오히려 그것을 큰 기쁨으로 반길 것입니다.

나와 같은 삶을 살아온 사람,

헤아릴 수조차 없는 비참한 불행을 겪어온 사람에게

---

38 "하늘의 법"과 "인간의 시간": 헤겔의 "동등한 두 윤리적 요청"을 집약하는 대목이다. 하지만 헤겔은 여기서 두 다른 용어로 제시되는 "칙령"과 "법"을 '인간의 법'으로 동일시했다. 크레온이 말하는 "법"(nomos)과 안티고네가 말하는 왕의 "칙령"(kerygma)이 그것인데, 전자는 입법 절차를 거쳐 성문화되어 지속적인 효력을 가지는 법을 의미하고 후자는 일시적인 효력만 띠는 통치자의 영(令), 오늘날의 조례(條例)를 의미하는 용어다. 크레온은 자신의 '칙령'을 '법'과 동일시하는데 반해 안티고네는 그 둘을 분명히 구별하여 말하고 있다.

죽음은 오히려 자비이지요.
그러니 이른 최후를 맞이한다는 것은
내게는 작은 슬픔도 되지 못합니다.[39]
하지만 내 어머니의 아들이 죽어 땅에 쓰러졌는데
그를 돌보지 않고 그를 땅에 묻어주지도 못한다면
그것이야말로 큰 슬픔이 될 겁니다.
내 자신의 운명 따윈 아무 것도 아니지요.
그런 심정을 당신은 어리석음이라 생각한다면,
그렇지요, 바보가 날 어리석다 하는 거지요.

합창대장   저토록 맹렬하고 도전적이라니,
그 아비의 기질을 그대로 물려받은 딸이로구나.[40]
어떤 모진 폭풍 앞에서도 굴하지 않을 터.

---

39   "칙령이 아니라도 죽어야 할" 죽음, "때 이른 죽음", "큰 기쁨으로 반길" 죽음과 "자비"로서의 죽음: 죽음을 각오하고서라도 친족의 도리를 다하겠다는 윤리적 결단만으로 안티고네의 동기를 다 설명할 수 없는 까닭이다. 근친상간의 자식으로 태어나 어머니의 자결, 아버지의 비참한 말로, 형제살해까지도 지켜봐야 했던 "헤아릴 수조차 없는 비참한 불행" 앞에서 자신의 존재 자체를 혐오하고 그 소멸을 소망하는, 그녀의 내면에 태생적으로 깃든, 자기파괴의 욕망이 격동하는 것일까. 그렇게 죽어간 혈육들과 다시 '하나 됨'을 열망하는 죽음충동이 그녀를 몰아가고 있는 것일까.

40   그 "기질"은 표면적으로는 합창대장이 말하는 '불굴'의 의지요 크레온이 이어서 말하는 "자긍심"과 "오만"이지만, 심층적으로 그것은 존재의 본질을 극한까지 밀고나가 적나라하게, 그리고 숭고하게 드러내는 비극적 영웅의 자질이다. 오이디푸스가 자신의 눈을 찌름으로써 인간존재의 맹목성을 처절하게 드러낸다면 안티고네는 스스로 죽음을 껴안음으로써 죽음을 통해서만이 모든 욕망을 완성할 수 있는 인간존재의 적멸성(寂滅性)을 구현한다.

크레온   그렇게 완고한 자들이야말로 가장 비참한 파멸을 맞게 되는 법.
맹렬한 불 속에서 벼려진 가장 단단한 강철이
한 번 부서지면 산산조각이 나고
가장 거친 성미를 가진 야생마라 할지라도
작은 재갈 하나에 고개를 꺾게 되지 않소.
더구나 법을 어긴 노예와 같은 자에게
자긍심 따위가 어울리기나 한가!
이 아이는 내가 내린 칙령을 어김으로써
이미 오만의 극치를 보여주었소.
거기다 이젠 자신이 저지른 범죄를 자랑함으로써
우리를 비웃고 있소.
만약 저 아이가 내 뜻을 꺾고 자신의 죗값을 치르지 않는다면
내가 여자가 되고 저 아이가 남자가 될 것이오.[41]
비록 내 조카라 할지라도, 아니,
그보다 더 가까운 혈육이라 할지라도 이 일에 대해서는
이 도시가 아는 가장 혹독한 형벌을 피하지 못할 거요.
저 아이의 동생도 마찬가지요.
내 단언컨대, 시신을 매장하는데 분명 함께 했을 거요.

---

[41] 느닷없는 여성혐오적 발언이 아니다. 아테네와 모든 가부장제 사회의 공적 영역(남성)과 사적 영역(여성)의 이분법에 관한 언급으로서, '인간의 법에 맞선 하늘의 법'의 대변자를 자처한 안티고네의 항변이 여성에게 허용되지 않는 공적 영역을 침범했음을 상기시킨다. 현대 페미니즘 비평이 정치적 주체로서의 안티고네의 등장을 발견하는 대목이기도 하다. 하지만 크레온의 반복되는 남성/여성의 이분법적 수사는 극이 진행될수록 부가적인 의미를 얻게 된다. 그리고 극의 결미에 이르러 가족을 모두 잃게 되는 크레온은 자신의 이 '예언'을 뜻하지 않게 성취하게 될 것이다.

(병사들에게)

가서 이스메네를 포박해 오너라.
좀 전까지 불안에 휩싸여 궁전을 배회하고 있는 것을 보았다.
그럴 수밖에. 은밀히 범죄를 꾀하는 자들은
저도 모르게 스스로를 드러내는 법.
그 얼굴에 모든 죄가 낱낱이 쓰여 있기 때문이지.
그러나 가장 악독한 것은 바로 저 아이다!
범행을 저지르고도 그 죄를 마치 미덕인양 드높이 찬양하다니!

병사 몇 퇴장

안티고네   나를 잡아 내 목숨을 거두는 것 외에 무엇을 더 원하십니까?

크레온   그 이상도 그 이하도 아닌, 바로 그렇게 할 것이다.

안티고네   그렇다면 뭘 더 기다리십니까?
당신의 말씀을 저는 받아들일 수 없습니다.
그걸 받아들이는 일은 신들께서 말리실 테니까요.
그리고 저의 모든 것이 당신께는 참을 수 없는 것이겠지요.[42]

---

42   칙령의 위반이라는 범법 '행위'뿐 아니라 안티고네의 존재 자체, 곧 오이디푸스의 딸
이라는 그녀의 위상이 크레온에게는 문제적일 수도 있다. 먼저 현실적으로는, '아들'
이 아니라 '딸'이므로 왕위승계의 직접적 위협이 되지는 않을지라도 테베인들에게는
오이디푸스의 이름이 가지는 상징적 힘이 여전히 작동한다는 정치적 우려가 있을 수
있다. 또한 안티고네를 비롯한 오이디푸스의 자식들이 근친상간이라는 '죄의 씨앗'
이라는 점, 그들의 존재 자체가 공동체에 도덕적 '오염'의 근원이 된다는 도덕적 혐오
감이 크레온의 심중 깊은 곳에 있을지도 모른다. 그 혐오감은 어쩌면 그 모든 죄악의

하지만 피를 나눈 형제를 모든 생명의 어머니인
대지에 묻어주는 것보다 더 큰 영광을 얻기 위해
제가 할 수 있는 일이 또 어디 있겠습니까?[43]
여기 계신 원로시민들께서도 그렇게 생각하실 겁니다.
다만 두려움 때문에 침묵을 지키고 있을 뿐이지요.
한 나라의 왕은 많은 특권을 가지고 있지요.
그 중 가장 큰 특권은 자신의 뜻대로 말하고
자신의 마음대로 행하는 특권이겠지요.

크레온   이 테베에서 그렇게 생각하는 사람은 너뿐일 것이다.[44]

'모태'였던 자신의 누이 이오카스테로 인해 자신의 가문 또한 오염되었다는 공포에서 비롯된 것일 수도 있다. 그러니 더욱 단호하게 그 오염의 연쇄를 끊어내야 한다는 생각이 집착이 되었을지 모른다. 안티고네는 또한 그러한 도덕적 감정과 함께 오이디푸스 가문에 의해 평생 2인자로 머물러야 했던 크레온의 야망까지도 꿰뚫어보고 있는지 모른다. 비로소 1인자의 자리에 오른 그가 자신의 입지를 굳히기 위해서라도 '범행'과 무관한 이스메네까지 연루시켜 테베에 드리운 오이디푸스의 모든 그림자를 '청산'해야 한다는 생각에 사로잡혀 있음을.

43   '하늘의 법'을 주장하는데서 이제 대지의 모신(母神)을 정당성의 근거로 제시하는 안티고네의 항변 앞에 상대적으로 크레온은 점점 협소해지는 자신의 정치적-윤리적 입지에 더욱 큰 위기감을 느낄 수도 있다. 또 다른 차원에서, 앞서 '어미새'로 비유된 안티고네가 여기서 생명을 주고 생명을 거둬들이는 '모신'에 자신을 투영하기 시작한다는 점에 유의할 필요가 있다. '누이-연인-딸-어머니'를 통합한 여성적 욕망이 출현하는 지점이기 때문이다.

44   "특권"의 남용에 대한 안티고네의 날카로운 공세 앞에 크레온은 실질적인 위기감을 느낀다. 마치 범법자를 처리하는 통치자가 아니라 시민들의 지지를 얻기 위해 경쟁에 나선 일개 정치인이 된 상황이다. 수세에 몰린 그가 이어서 반복적으로 호소하는 정치적 정당성의 근거는 준법과 위법, 애국과 반역, 명예와 형벌을 명확히 구분하는 국가윤리이다.

안티고네   여기 이 사람들도 그렇게 생각하고 있습니다.
          하지만 감히 발설하지는 못하는 거지요.

크레온   이 도시의 시민들은 법을 지킬 줄 안다.
          그렇지 못한 네 자신이 수치스럽지 않으냐?

안티고네   죽은 형제의 망자로서의 권리를 존중하는 것은
          결코 수치가 아닙니다.

크레온   그렇다면 테베를 위해 싸우다 죽은 오빠는?
          그 오빠는 네 형제가 아니더냐?

안티고네   두 오빠 모두 같은 아버지와 같은 어머니의 자식이었습니다.

크레온   반역자인 형제를 존중한다면 애국자인 형제를 모욕하는 격이다.

안티고네   테베를 위해 싸우다 죽은 오빠도
          땅 속에 묻혀서는 그렇게 생각하지 않을 겁니다.

크레온   암! 그렇게 생각하고말고.
          반역으로 죽은 형제가 자신과 같은 대우를 받는다면 말이다.

안티고네   그 죽은 형제는 다른 사람 아닌 자신의 혈육이었단 말입니다!

크레온   형제 하나는 테베를 공격하다 죽었고
          다른 하나는 테베를 구하고 죽었다.

안티고네   그렇다 해도 죽음의 신은 같은 장례를 요구합니다.

크레온   선한 자는 악한 자와는 다른 명예를 요구하는 법이다.

안티고네   누가 압니까? 죽어서는 두 형제가 이미 화해를 했을지.

크레온   죽음이 적을 친구로 만들진 못한다!

안티고네   설령 두 오빠가 서로를 증오한다고 해도
                저는 두 오빠를 똑같이 사랑합니다.

크레온   그렇다면 너도 따라 저승으로 가거라!
                그곳에서나 네 사랑을 베풀어라!
                내가 살아 있는 한, 여자의 주장이 득세하진 못하리라.

                병사들, 이스메네와 함께 등장.

합창대장   다들 보시오. 이스메네가 궁전 문을 나서고 있소.
                언니를 위해 눈물 흘리며 말이오.
                슬픔의 구름이 그녀의 환한 이마를 가리고
                비탄의 눈물이 그녀의 고운 얼굴을 무너뜨렸구려.[45]

크레온   너, 내 집안에 똬리를 틀고 있는 뱀 같은 것!

---

[45]   이스메네의 '미모'에 대한 언급은 이와는 대조적인 안티고네의 '남성적' 면모를 주장
하는 페미니즘 비평에 무게를 실어줄 수도 있다. 공연들에서도 '여성적'이기보다 매
우 강인한 인상의 배우를 안티고네에 캐스팅하는 경향이 있어왔다. 쥬디스 버틀러
(Judith Butler) 같은 비평가는 안티고네에게서 '남성적' 동성애자의 모습을 발견하기
도 한다. 하지만 두 자매의 용모를 젠더적 관점에서 보거나 성적 차이로 간주하기보
다 유약/강인의 성격적 차이로 본다면 범인(凡人) 이스메네의 현실순응과 초인(超
人) 안티고네의 현실초극을 대비해주지 않을까.

아무도 몰래 내 생명의 피를 빨아 마시고 있었구나.
내가 극진히 돌보고 있었던 것이 두 마녀라니,
저것들이 내 왕좌를 무너뜨리려 하고 있었다니![46]
자, 말해봐라. 너도 이 금지된 매장에 함께 했더냐?
아니면 아무 것도 모른다고 할 테냐?

이스메네   그렇습니다, 저도 함께 했습니다.
그렇게 말하는 걸 언니가 받아준다면 말이에요.
그럼 저도 이 무거운 혐의의 짐을 함께 지겠어요.

안티고네   안 돼! 그건 정의의 여신이 허락하지 않을 거야.
넌 거절했고, 난 내가 한 일에 너를 한 발자국도 들이지 않았어.

이스메네   하지만 언니가 앞으로 겪게 될 험난한 항해는 같이 하겠어.

---

46 크레온의 극언은 '기꺼이' 거둬들여 "극진히" 보살피던 조카들의 배신에 대한 충격에 찬 분노일까. 애초에 그가 그들의 후견인을 자처한 것은 친족의 도리 때문일까. 혹은 외척으로서 테베 왕가의 적통성, 곧 "친족의 권리"를 확보하려는 정치적 계산이었을까. 극중의 언급은 없지만 전설은 에테오클레스가 폴리네이케스에게 양위를 거부한 배경에는 섭정의 역할을 하던 재상 크레온의 의도가 있었다고 한다. 아버지를 닮아 강한 성격의 소유자였던 "몇 곱절의 다툼"이라는 이름의 폴리네이케스보다 "참으로 영광스러운"(허영심에 찬), 그래서 다루기 쉬운 에테오클레스를 왕위에 두고 자신이 실질적 통치자가 되고자 했다는 것이다. 그렇다면 폴리네이케스의 반란은 크레온에게는 오히려 바람직한 일이다. 그로 인해 오이디푸스의 두 아들이 모두 죽고 자신에게 왕권이 주어졌으니. 남은 오이디푸스의 두 딸은 여자들이니 정치적 위험은 되지 않는다고 생각했을 것이다. 그래서 조카딸들의 '폭거'는 더욱 큰 분노를 불러일으키는지도 모른다. 하지만 극에 도입되지 않은 동기에 전적으로 의존할 필요는 없을 것이다. 부모들에 의해 비참한 불행을 겪은 '죄 없는' 어린 조카들에 대한 외숙부의 연민과 자비를 전적으로 배제하지는 말자.

무슨 일이 있어도 언니 곁을 떠나지 않을 거야.

안티고네   누가 그 일을 했는지는 죽음의 신께서 잘 알고 있어.
               난 말로만 사랑하는 사람들을 결코 사랑하지 않아.

이스메네   언니, 제발 날 비웃지 말아줘.
               내가 언니와 같이 죽겠다는 걸 거절하지 말아줘.
               그게 이미 돌아가신 분들에 대한 나의 애도이니까.

안티고네   넌 나와 함께 죽을 수 없어.
               네가 거부한 것을 이제 와서 네 것으로 삼을 수도 없어.
               내 죽음으로 충분해.

이스메네   언니마저 잃는다면 내게 남은 삶이라는 게 뭐가 있겠어?

안티고네   크레온 왕께 물어보렴! 네가 복종한 것은 그분이니까.

이스메네   날 그렇게 경멸해서 언니가 얻는 게 뭐야?

안티고네   내가 널 경멸하는 거라면 내가 얻는 건 고통뿐일 테지.

이스메네   늦었지만 제발 내가 언니를 돕게 해줘.

안티고네   네 목숨이나 구하렴. 네가 살아남는 걸 난 욕하지 않아.

이스메네   제발, 언니! 언니와 운명을 함께 하게 해줘.

안티고네   그럴 수 없어. 넌 삶을 택했고 난 죽음을 택했으니까.[47]

이스메네   그러지 말라고 내가 말렸는데도!

안티고네   사람들은 널 현명하다고 하겠지.
          하지만 돌아가신 분들은 날 인정할 거야.

이스메네   태어난 것 자체로 이미 내 죄는 언니 못지않은 걸.

안티고네   진정해, 이스메네. 넌 살아가야 해.
          하지만 난 내 목숨을 이미 망자들께 바쳤어.

크레온   다들 보시오.
          이 아이들 중 하나는 광기로 내몰리고 있고
          다른 하나는 태어날 때부터 광기에 사로잡혀 있었소.[48]

이스메네   왕이시여, 그런 것이 아닙니다.

———

47 이스메네에게 죽음의 '영광'을 허락지 않는 안티고네에게서 오만, 도덕적 우월감, 또는 순교의 광기를 발견하는 비평가들이 있어 왔다. 죽은 혈육을 위해 산 혈육을 저버리는 역설적인 행위라는 것이다. 반대로 그녀의 지나치게 매몰찬 태도를 이스메네를 보호하려고 꾸민 연기로 보고 도리어 자매애를 강조하는 반론도 있다. 하지만 안티고네는 분명히 말하고 있다, 이스메네를 '경멸'하지 않는다고. 삶과 죽음은 '선택'의 문제이며 자신의 선택에 책임을 져야 할 뿐이라고.

48 "태어날 때부터의 광기"가 안티고네의 극단적 성격만을 말하는 것은 아닐 것이다. 이 말은 오히려 크레온의 심중에 자리잡고 있는 오이디푸스 가계에 대한 -- 〈오이디푸스 왕〉에서 "내가 내 어머니와 잠자리를 같이 하고 만인이 혐오와 공포로 바라볼 자식들을 낳을 것"이라고 오이디푸스가 예견하는 -- 도덕적 감정을 극명하게 드러내준다.

이성을 가진 인간도 엄청난 재난 앞에서는
굳게 서질 못하는 법입니다.

크레온   그래, 굳게 서질 못했지,
네가 이 범죄행위에 가담하기로 했던 순간에 말이다.

이스메네   마지막 남은 자매마저 잃는다면
제게 삶이라는 게 무슨 의미가 있겠어요?

크레온   "자매"라고 하지 마라. 이제 네 자매는 없다.

이스메네   하지만 언니는 숙부님의 아들 하에몬과
결혼을 약속한 사이입니다.[49]
그런 언니를 정녕 죽이실 작정이세요?

크레온   내 아들이 잠자리를 나눌 수 있는 여자가 저 혼자라더냐?

이스메네   아드님과 사랑으로 맺어진 여자는 오직 언니뿐이에요.

크레온   악행을 일삼는 여자를 아내로 맞이한다면
그건 내 아들이 아니다.

---

49   이 약혼은 어떻게 이루어진 것일까? 안티고네와 하에몬의 사랑이라는 순진한 전제
를 받아들인다 해도 크레온의 승인에는 그의 오이디푸스 가에 대한 도덕적 감정을
넘어서는 동기, 즉 앞서 말한 적통성 확보를 염두에 둔 정치적 계산이 있었던 것일까.
마찬가지로 자비로운 친족 후견인으로서의 기꺼운 승낙이었을 가능성도 아예 배제
할 수는 없을 것이다.

안티고네   오, 사랑하는 하에몬!
          당신까지 욕보이게 하다니, 그것도 당신 부친에게서!

크레온   네 목소리도 네 결혼 이야기도 더 이상 듣기 싫다.

이스메네   숙부님 아들 이야기입니다.
          어떻게 자식에게서 사랑하는 사람을 떼놓을 수 있단 말입니까?

크레온   이 결혼을 막는 것은 내가 아니라 죽음의 신이다.

합창대장   정녕 안티고네를 죽이기로 결정하신 겁니까?

크레온   그대들과 내게 그 결정은 이미 내려진 게 아니오?

          (병사들에게)

          저 둘을 당장 데려가라, 지체하지 말고.
          궁전 안 저들의 처소에 연금하고
          여자들답게 밖으로 떠돌지 않고 안에 머물도록 단단히 지켜라.
          그래, 저토록 대담한 척 하나 마침내 죽음의 신이
          곁에 다가오는 걸 보게 되면 두려워 도망치려 할지도 모르니까.

          병사들, 안티고네와 이스메네를 이끌고 궁전으로 퇴장.
          크레온은 자리에 남는다.[50]

---

50 직령을 위반한 자에 대한 처결을 내린 후 곧장 처형하지 않고 감옥도 아닌 궁중 사저
    에 연금시키는 크레온의 행동은 어떻게 설명되어야 할까. 안티고네의 오만한 결연함
    이 죽음의 선고와 집행 사이에 점차 약화되기를 기다리는 걸까. 그래서 죄를 인정하
    고 자비를 구하면 통치의 '원칙'에도 불구하고 사면이라도 할 작정인가. 연금 명령을

〈합창〉

송가 1   재난을 겪지도 않고 알지도 못하는 사람들은 행복할지니,
하늘의 보우하심에서 한 번 벗어난 집안에는
자손 대대로 재난이 끊어지지 않도다!

이는 마치 포효하는 북풍에 난폭해진 바다가
성난 파도에 파도를 더해
대양을 온통 검게 물들이는 것과 같으니,
수면은 솟구쳐 오른 어두운 심해의 진흙으로 더럽혀지고
휘몰아치는 바람과 성난 파도에
해안의 절벽은 괴로움으로 울부짖도다!

답가 1   보라, 테베를 다스려온 왕가에
어떻게 오랜 슬픔이 다시 솟구쳐 오르는가를!
어떻게 재난에 재난이 꼬리를 물고 달려드는가를!

대대로 이어온 운명을 이 세대 또한 물려받게 되었으니,
어떤 신이 그들을 몰아치며
어떤 신이 그들을 끝끝내 놓아주지 않는단 말인가!

내린 후 혼자 남는 크레온은 무슨 생각을 하는 걸까. 혹 자멸한 오이디푸스의 아들들과는 달리 친족의 도리를 다함으로써 '부당한' 죽음을 맞이할 그의 딸에 대한 시민들의 동정적 여론의 가능성과 자신의 판결의 윤리적 정당성을 저울질하고 있는 것인가. 더 나아가, 안티고네가 말한 "신들의 법"과 자신이 수호해야 할 "인간의 법" 사이에 갈등하고 있는 것은 아닌가.

저주받은 오이디푸스 가문의 마지막 혈통이
가물거리는 빛으로 살아나는가 했더니,
피 묻은 도끼를 치켜들고 어린 가지를 내리치는
죽음의 신이 결국 다시 찾아왔도다.
머리를 풀어헤친 광란의 여신이 그의 곁에 서 있고
복수심에 가득찬 광기의 신도 그와 함께 달려왔구나!

송가 2   제우스여, 당신의 힘은 전능하시니
어떤 인간의 오만도 당신을 이기지 못하리라![51]

뭇 생명을 정복하는 잠도 당신은 잠재우지 못하고
뭇 생명을 갉아먹는 시간도 당신을 이길 수 없으니
올림푸스로부터 이 세상을 다스리는 당신의 영광의 빛은
영원토록 눈부시도다!

오늘이나 어제, 또 앞으로 다가올 모든 시간에
당신이 정하신 영원한 법은 이것이니,
필멸의 인간들이 이룬 성공이란
그 안에 반드시 파멸을 함께 잉태하고 있다는 것!

---

51   송가/답가 1이 오이디푸스 가와 안티고네에 대한 노래였다면, 송가/답가 2가 노래하
는 대상은 분명치 않다. "오만"한 자는 안티고네일 수도 크레온일 수도, 또는 둘 다일
수도 있다. 비록 인간 일반을 노래하는 것이라 해도 어느 편에 공감을 두어야 할지 혼
란스러워하는 합창대(시민들)의 모습이 노래 속에 보인다. 이어지는 합창들에서도
시민들의 반응은 줄곧 애매한 상태로 남는다. 하지만 그러한 반응은 그들이 비단 두
동등한 윤리적 요청 사이의 해결될 수 없는 갈등에 묶여 있기 때문만은 아니다. 그들
이 종종 크레온과 안티고네의 대결에서 보는 것은 법적 투쟁의 차원 아래 숨어 있는
인간적 결핍과 과잉이기 때문이다.

답가 2   희망의 여신은 드높이 날아서
어떤 이에게는 위안과 위로를 가져다주네!

하지만 어떤 이에게 희망의 여신은 헛된 환상일 뿐,
뜨거운 불 위를 걷는 줄도 모르고 제 갈 길 가다가
멸망으로 신속히 치닫고 만다!

처음 이 말을 한 자는 현명한 자였으니,
신들은 파멸을 정한 자에게는 비뚤어진 판단력을 주어
오늘은 악을 선으로 보게 하고
내일은 그 악으로 인한 재난 속에 빠지게 한다.

대화와 합창 3

Episode & Stasimon 3

사랑과 죽음

누그러뜨릴 길 없는 불굴의 사랑!

오, 그대 사랑이여,

잠든 처녀의 고운 볼에 입 맞추며

온밤을 하얗게 지새우는 사랑이여!

오, 인간이 이룬 모든 것을 한숨에 무너뜨리는 사랑이여!

〈대화〉

합창대장　　보십시오, 왕이시여.
　　　　　　당신의 막내 아드님 하에몬이 급히 이리로 오고 있습니다.
　　　　　　아마도 안티고네로 인해 근심에 싸였겠지요.

크레온　　　곧 알게 되겠지, 예언자의 도움 없이도 말이오.

　　　　　　하에몬 등장.

크레온　　　아들아, 설마 네 약혼자가 죽게 되었다고
　　　　　　이 아비에게 화를 내러 온 건 아니겠지?
　　　　　　내가 무슨 일을 하든 너는 이 아비의 충직한 아들로 남겠지?

하에몬　　　그렇습니다, 아버지. 저는 아버지의 아들입니다.
　　　　　　아버지의 현명한 판단이 저를 인도하고
　　　　　　제가 항상 그 판단을 따를 수 있기를 바랍니다.
　　　　　　무엇보다 저는 어떤 결혼도 아버지께서 이 나라를
　　　　　　훌륭하게 통치하시는 것보다 더 큰 상으로 여기지 않습니다.

크레온　　　아들아, 모든 일에 있어서 늘 그렇게
　　　　　　아비의 인도에 따를 수 있어야 한다.
　　　　　　시민들을 위해 내가 바라는 것은
　　　　　　그들 모두 너와 같이 순종적인 자녀를 갖기 원하는 것이다.
　　　　　　그 자녀들이 제 아비의 적이라면 철천지원수로 알고
　　　　　　제 아비의 친구라면 명예롭게 대할 줄 알아야 한다는 것이다.
　　　　　　불효한 자식을 낳은 자들은

자신에게는 고충을 주고 적에게는 웃음거리가 된다.
그러니 여자에게서 얻는 즐거움이 네 판단력을 흐리게 하지 마라.
악한 여자와 가정을 꾸리게 되면
잠자리의 평안조차 빼앗기게 된다.
어떤 상처도 집안의 화근만큼 깊이 배어들진 않는다.
그러니 그 애를 네 적으로 생각하고, 그 얼굴에 침을 뱉고,
남편일랑 지옥에 가서나 찾으라고 해라.
이 도시 전체를 통틀어 왕명을 거역한 자는 바로 그 애뿐이다.
나는 내가 내린 칙령을 돌이키지 않을 것이다.
범법자를 잡았으니 반드시 죽일 것이다.
성스러운 혈연의 도리 따위는 그 애로 하여금
목이 터지게 노래 부르게 해라!
집안에서조차 반역의 기미가 있다면
대문 밖에서는 역도의 무리가 활개 칠 것은 자명한 일,
제 집안조차 올바로 다스리지 못하는 자가
무슨 수로 한 나라를 다스릴 수 있단 말이냐.
법을 어기고 범죄하는 자나 통치자의 권위에 도전하는 자를
나는 결코 용납하지 않을 것이다.
정당한 권위는 대소사를 막론하고, 또 그 판단이 옳든 그르든
모든 일에 있어서 철저한 복종을 요구한다.
그런 복종을 보이는 자만이 백성으로서,
또 내 통치의 협력자로서 나의 전폭적인 신임을 받을 것이다.
그런 자야말로 어떤 투쟁의 폭풍 속에서도
내 곁에 서서 자신의 자리를 지키고
결코 나를 저버리지 않을 것이기 때문이다.
반면에 불복종만큼 더 큰 저주는 없다.

불복종은 한 나라에 파멸을 가져온다.
불복종은 한 집안을 파괴하고 만다.
불복종은 든든하던 전열에 느닷없이 공포를 몰고 와
강력한 군대마저 한 순간에 괴멸시키고 만다.
만사형통한 곳에는 반드시 복종의 규율이 있다.
우리가 법을 준수해야 하는 까닭이 바로 그것이다.
그 어떤 경우에도 흔들려서는 안 될 것이 법이다.
더욱이 한낱 여자에게 흔들려서는 안 된다.
그래, 나라의 법도가 한 여자에 의해 도전받는 것보다
차라리 한 남자에 의해 무너지는 편이 나을 것이다.

합창대장　우리가 늙어서 지혜를 모두 잃어버린 것이 아니라면,
　　　　　왕께서 하신 말씀은 모두 옳으십니다.

하에몬　　그렇습니다, 아버지.
　　　　　신들께서 인간에게 주신 선물들 가운데
　　　　　지혜만큼 소중한 것은 없습니다.
　　　　　저는 당신께서 틀렸다는 말씀을 드리려는 것이 아닙니다.
　　　　　앞으로도 그런 무례함은 배울 생각조차 없습니다.
　　　　　하지만 제가 드리려는 말씀이
　　　　　보기에 따라서는 무례함으로 비칠지도 모르겠습니다.
　　　　　저는 제가 아버지의 아들이기 때문에, 아들의 소임으로서,
　　　　　다른 사람들이 무슨 생각을 하고 무슨 말을 하며
　　　　　어떻게 행동하는지를 살핍니다. 시민들이 혹 아버지께
　　　　　어떤 불만을 품고 있는지 미리 살펴 알고자 합니다.
　　　　　지엄하신 아버지의 눈길 앞에 시민들이 두려워하여

감히 아버지의 면전에서는 아버지의 심기를 건드릴 말은
꺼내지도 못할 수 있기 때문입니다.
하지만 저는 그들이 생각하고 말하는 것을
있는 그대로 들을 수 있습니다.
무엇보다 그들이 안티고네의 처지를
동정하고 있음을 들을 수 있습니다.
"어떤 여자도 안티고네만큼 고귀한 행동으로 인해
이토록 참혹하게 박해받은 적은 없었다.
전쟁에서 죽은 형제가 땅에 묻히지도 못하고
들개 떼와 독수리 떼의 먹이가 되는 것을 막겠다는 것 아닌가?
이것은 처벌이 아니라 칭송을 받을 일이 아닌가?"
시민들은 그렇게 말하고 있습니다.
도시 구석구석에서 수군거리고 있습니다.
아버지, 아버지께서 잘 되시는 것보다
제가 더 간절히 바라는 일은 없습니다.
어떤 아들에게도 그 아버지의 명성만큼 더 큰 상은 없고
어떤 아버지에게도 그 아들의 명성만큼
더 큰 상은 없을 것입니다.
그래서 말씀드립니다. 제발 아버지의 말씀만이 옳고
다른 모든 것은 그르다는 생각에 사로잡히지 마십시오.
자신만이 지혜롭고 자신의 사고와 언행이 뭇사람 가운데
가장 뛰어나다고 생각하는 사람들이 있습니다.
그러나 정작 그 속을 들여다보면
그 사람들만큼 내면이 공허한 자들은 없습니다.
설령 진정 지혜로운 자라 할지라도

더 큰 지혜를 구하는 것은 부끄러운 일이 아닙니다.

자신의 잘못을 인정하는 일은 수치스러운 일이 아닙니다.

시냇가의 나무들이 어떻게 격류를 이겨내는지 보십시오.

물의 흐름에 몸을 굽히면 나무는 살아남습니다.

하지만 완강히 버티다간

가지와 뿌리 모두 찢어지고 뽑혀버리고 맙니다.

항해하는 배의 선장도 마찬가지입니다.

폭풍이 이는데 고집을 부려 돛을 낮추지 않는다면

배는 뒤집히고 항해는 실패로 끝납니다.

아버지, 부디 분노를 가라앉히시고

다른 사람의 말에도 귀를 기울이십시오.

나이 어린 자가 지각 있는 말을 할 때

자신을 낮춰 그 말을 듣는 사람이 가장 지혜로운 자요,

다른 사람의 지혜를 기꺼이 받아들이는 사람이야말로

진정 현명한 사람이기 때문입니다.[52]

합창대장   왕이시여, 아드님의 말씀에는 일리가 있습니다.

부디 서로의 지혜를 받아들이시길.

---

52 논리정연하면서도 청자의 입장을 십분 배려한 하에몬의 설득은 정녕 '지혜롭고 현명
하다.' 그런데 하에몬(Haemon)이라는 이름이 '피로 가득한', '혈기 충천한' 등의 의미
를 가진다는 사실은 참으로 역설적이다. 차분하고 지적이며 예절과 인내까지 골고루
모두 갖춘 자의 이름이 '끓는 피'라니! 하지만 진실은 역설적이라는 사실이 드러나는
것은 뒤에 가서 하에몬이 안티고네를 따라 자결하는 장면에서이다. 차분한 지성과 견
고한 인내와 청아한 예절의 표면 아래 들끓고 있는 '피'가 그를 약혼자와의 동반 자결
에까지 이르게 하는 걸까. 애초에 "끓는 피"의 하에몬이 "섬뜩한 행위에 가슴 뜨거워
지는" 안티고네를 사랑하게 된 것도 두 사람이 공유한 겉으로는 차갑도록 평정하되
속으로는 격정적이고 극단적인 성품 때문이었을까.

크레온   뭐라고? 나이든 우리가 다시 학교로 돌아가
          어린 아이로부터 배워야 한단 말이요?

하에몬   그 아이에게서도 배울 점이 있다면요.
          그렇습니다, 저는 아직 젊습니다.
          하지만 나이와 무관하게
          무엇이 과연 옳은가를 말씀드리는 겁니다.

크레온   무엇이 옳으냐고! 불복종을 칭송하는 것이 옳단 말이냐!

하에몬   범법자들을 칭송하라는 것이 아니지 않습니까.

크레온   그래, 그러면 안티고네가 범법자가 아니란 말이냐?

하에몬   시민 전체가 한 목소리로 그렇지 않다고 말합니다.

크레온   왕이 시민들에게 허락을 받고 명을 내려야 한단 말이냐?

하에몬   아버지 말씀대로 지혜를 결여하고 있는 것이 어린 나이 탓이라면
          지금 하신 말씀은 어린 아이의 말과 다르지 않습니다.

크레온   뭐라고? 왕이 정녕 자신의 뜻이 아니라
          백성의 뜻에 의해 통치해야 한단 말이냐?

하에몬   그렇지 않으면 통치가 아니라 폭정이 될 것이기 때문입니다.[53]

---

53 "통치와 폭정"의 논쟁은 소포클레스가 십여 년 후에 쓰게 될 〈오이디푸스 왕〉의 오이
디푸스와 크레온의 논쟁 장면에 그대로 반복된다. 거기서 '폭정'에 대한 항변을 제기
하는 것이 크레온이라는 사실은 참으로 역설적이다. 아니, 작품 순이 아니라 이야기

크레온	왕은 나라의 주인이며 지배자다.
하에몬	그렇다면 차라리 무인도나 지배하시는 편이 나을 겁니다!
크레온	그렇구나, 네 놈이 여자의 편이로구나.
하에몬	아버지께서 여자라면, 그렇습니다! 저는 아버지를 위해 이렇게 싸우고 있으니까요.
크레온	천하에 몹쓸 놈! 감히 아비의 뜻에 맞서겠다고!
하에몬	아버지께서 정의의 여신에 맞서시기 때문이지요.
크레온	왕의 정당한 권한으로 하는 일을 포기하라고?
하에몬	왕의 권한도 신의 뜻을 거스른다면 마땅히 포기하셔야지요.
크레온	한심한 놈, 한낱 여자 따위의 편에 서다니!
하에몬	그렇다고 해서 치욕의 편에 서는 것이 아니기 때문입니다.
크레온	네 놈 말 한 마디 한 마디가 다 그 여자를 지키려고 하는 짓이지.
하에몬	그 여자뿐 아니라, 저를 지키고 아버지를 지키기 위해서입니다. 지하의 신들에 대한 공경을 지키는 일이기도 하고요.

의 순서로 보자면, 일찍이 왕의 전횡에 맞섰던 크레온 자신이 똑같은 전횡을 행한다
는 것이 역설이다.

크레온	그 애가 무덤에 들어가기 전에는 넌 그 애와 결혼할 수 없을 것이다.
하에몬	그녀가 정녕 죽어야 한다면 - 그렇다면 혼자 죽지는 않을 겁니다.
크레온	뭐라고? 날 협박하는 거냐?[54] 네 녀석이 이렇게도 오만불손하단 말이냐?
하에몬	협박이 아닙니다, 어리석은 자에게 굳이 답하자면요.
크레온	바보 녀석이 나를 가르치려 들어! 그 값을 톡톡히 치르게 될 거다.
하에몬	제 아버지가 아니시라면 전 당신을 미친 자라 할 것입니다.
크레온	여자의 노리개가 된 자에게서는 더 이상 한 마디도 듣고 싶지 않다.
하에몬	당신이 하실 말씀은 다 하시고 대답은 듣지 않으시겠다고요?
크레온	그렇다. 그리고 신들께 맹세코, 나를 희롱하는 말을 늘어놓은 네 녀석이 반드시 후회하게 해주겠다! 가서 그 혐오스러운 년, 안티고네를 당장 끌어내 오너라!

---

54 하에몬이 "혼자 죽지 않겠다"는 것은 자신도 따라 죽겠다는 뜻이다. 크레온은 그것을
   자신에 대한 위협으로 받아들인다. 통치권은 물론 인간적 자질(지혜)까지 도전받는
   위협적 상황에서 원래 맹목적인 인간은 더욱 맹목적이 되는 걸까. 명백한 의미조차
   듣지 못하고 드러난 실상조차 보지 못하는 걸까. 그 맹목성이 크레온에게 파멸의 길
   을 재촉할 것이다.

신랑될 놈의 눈앞에서 당장 사형에 처할 테니.[55]

하에몬   대체 어떻게 그런 모진 생각을 하실 수 있습니까?
         저는 보지 않겠습니다.
         그리고 이제 아버지께서 제 얼굴을 보실 일도 없을 겁니다.
         아버지의 광기를 견뎌내야만 하는 여기 이 시민들이 가엾군요.
         저는 더 이상 견디지 못하겠습니다.

         하에몬 퇴장

합창대장   저토록 격노한 채 떠나시다니!
          왕이시여, 한 번 상처를 입으면 절망적이 되기 쉬운 게 젊음입니다.

크레온   빗나간 자긍심과 어리석음으로 제 몸을 망친다면 할 수 없는 일!
          그런다고 이 여자애들을 파멸로부터 구할 수는 없을 거요.

합창대장   아니, 두 사람 다 처형하실 생각이십니까?

크레온   아니, 범행을 저지르지 않은 자는 아니지.
          고맙소, 생각나게 해줘서.

합창대장   범행을 저지른 자는요?
          어떤 처형을 명하시려고요?

---

55   안티고네와 이스메네의 연금 직후, 크레온이 당면한 상황에 대한 정치적 판단을 넘어
     선 윤리적 사유를 하고 있었다면, 하에몬의 '도발'은 오히려 그 사유를 봉쇄하는 결과
     를 낳는다. 행위에 대한 자기성찰의 가능성은 그 행위의 정당성을 묻는 질문 앞에서
     는 종종 자기방어로 위축되며 더욱 강력한, 그리고 맹목적인, 자기정당화로 나아가곤
     하기 때문이다.

120

크레온 　광야에 있는 동굴 하나를 택해 그곳에 산 채로 감금하겠소.

　　　　목숨을 부지할 만큼의 음식은 주겠소.

　　　　그 이상은 아무 것도 허락지 않을 것이오.

　　　　내 손에 피를 묻히진 않겠소.

　　　　그럼 친족의 피를 흘린 자와 그가 사는 도시에 내릴

　　　　저주와 죄의 오염을 피할 수 있겠지.[56]

　　　　어두운 동굴 속에서 죽음의 신에게

　　　　살려달라는 기도나 드리라지.

　　　　그 애가 숭배하는 건 죽음의 신뿐이니까.

　　　　혹 늦게라도 깨달을지도 모르지.

　　　　망자에 대한 애착의 부질없음을 말이오.

　　　　크레온 그 자리에 남는다.[57]

56　돌로 쳐 죽이는 극형으로부터 동굴에의 감금으로 '감형'된 것은 크레온의 말대로 친족살해의 죄를 피하기 위해서일 수도 있고, 원로시민(합창대)들의 유보적 태도와 하에몬이 전한 일반시민들의 안티고네에 대한 압도적으로 동정적인 여론에 크레온이 정치적 양보를 한 것일 수도 있다. 또한 그 양보에는 안티고네의 '순교'를 불허하겠다는 의도가 있을 수도 있다. 한편으로는 정당한 명분을 위한 그녀의 순교가 불러일으킬지도 모르는 소요를 막고, 다른 한편으로는 그 명분과 그녀의 존재가 서서히 망각되도록 하자는 노회한 정치적 계산 말이다. 하지만 이 시점의 크레온이 국가윤리의 수호와 법의 엄정한 집행이라는 명확한 의도를 가지고 행동한다기보다는 그 스스로 혼란을 겪고 있을지도 모른다는 가정 또한 가능하다. 통치자로서의 신념과 판단은 물론 오이디푸스 가에 대한 도덕적 혐오까지도 시민들과 공유한다는 믿음이 송두리째 흔들린 까닭이다. 사회공동체로부터 고립되는 것이 '범법자' 안티고네가 아니라 '통치자'인 자신일 수도 있다는 불안이 이미 그의 마음을 사로잡고 있는지도 모른다.

57　크레온이 다시 자리에 남는 것은 표면상으로는 안티고네에게 내려진 선고의 집행을 지켜보기 위해서이지만, 동시에 그의 불안과 점진적 고립을 시각화하기도 한다.

〈합창〉

송가 1 누그러뜨릴 길 없는 불굴의 사랑!
오, 그대 사랑이여,
인간이 이룬 모든 것을 한숨에 무너뜨리는 사랑이여!
오, 잠든 처녀의 고운 볼에 입 맞추며
온밤을 하얗게 지새우는 사랑이여!

사랑의 힘찬 날갯짓에는
거친 바다도 장애가 되지 못하고
험한 광야도 장벽이 되지 못하네.
그 누구도 사랑의 신의 지배로부터 벗어나지 못하네.

필멸의 인간도, 불멸의 신들도
사랑의 신에게 결려든 먹잇감은
헤어날 수 없는 광기에 사로잡히고 만다네.

답가 1 사랑은 정의로운 인간의 마음마저 굴복시켜
불의한 자가 되게 하니,
여기 아들과 아버지의 언쟁을 불러일으킨 것은
다름 아닌 사랑이라.

신랑의 유순한 눈동자에 뜨거운 불꽃을 피우는
사랑의 힘은 모든 것을 정복하니,
이제 그를 지배하는 것은
위대한 신들 가운데 가장 강력한 한 분!

사랑의 여신, 무적의 아프로디테를
그 누구도 이기지 못하리라!⁵⁸

---

58 합창대의 노래는 물론 사랑의 격정에 사로잡힌 하에몬을 향하고 있다. 안티고네를 지
배하는 것이 죽음의 신 타나토스(Thanatos)라면 하에몬을 지배하는 것은 사랑의 신
에로스(Eros)라는 것이다. 고대 그리스인들은 프로이트 이전에 이미 에로스의 완성
이 타나토스임을 알고 있었나보다. 그렇다면 역으로 안티고네의 죽음충동을 에로스
에서 연원하는 것으로 볼 수도 있다. 오빠/아버지와 일체가 되고자 하는, 근친상간으
로 맺어진 혈육들과의 태생적인 혼연일체의 상태로 돌아가고자 하는 욕망 말이다. 하
지만 정작 이 노래를 듣고 있는 크레온은 하에몬도 안티고네도, 그 둘을 지배하는 인
간의 근원적 본능과 욕망도 보지 못하고 있다.

대화와 합창 4
Episode & Stasimon 4

제단 앞의 여인

오, 테베여, 내 아버지의 고향이여!

오, 이 나라를 굽어보시는 신들이시여!

드디어 저들의 무자비한 손들이 내 머리 위에 떨어집니다!

테베의 시민들이여,

오, 테베 왕가 혈통의 마지막 가지인 나를 보시오!

불경한 인간들이 나를 무참히 짓밟았소,

거룩한 법을 지켰다는 이유로!

〈대화 : 안티고네의 노래〉[59]

병사들에 이끌려 안티고네 등장

합창대   그 사랑이 내게 없어도,
              나 또한 이 광경 차마 바라볼 수 없으며
              홍수처럼 솟구치는 눈물 걷잡을 수 없구나.
              보라, 저들이 안티고네를 끌고 오니
              이제 그녀는 모든 인간이 결국 가야 하는 길,
              무거운 침묵 감도는 죽음의 신의 처소로 가는구나.

안티고네   (노래한다)
              내 고향, 내 나라의 어른들이시여, 나를 보세요.
              나는 이제 내 마지막 길을 떠나갑니다.
              나는 이제 내 마지막 태양을 바라봅니다.
              가야 할 길도 바라볼 태양도 더 이상은 없을 테지요!

              만인을 얼러 잠들게 하는 죽음의 신이
              살아 있는 나를 불러 음산한 저승의 강변으로 데려갑니다.
              어떤 날도 내 혼인의 날이 되지 못하고
              어떤 노래도 내 혼인의 축가가 되질 못하겠군요.
              내 신랑될 이는 이제 죽음의 신뿐이니까요.

---

59   원문은 "코모스"(commos)로서 배우 일인과 합창대가 노래를 주고받는 교창(交唱) 형식으로 된 장면이다.

합창대   하지만 영광스러운 죽음이,

드높은 명성이 그대를 기다리고 있소.

그대가 가는 길 끝에 그대를 기다리는 것은

끔찍한 병마로 더럽혀지지도 않고

날선 검이 뿌리는 피로 얼룩지지도 않는 고요한 무덤이오.

뭇 사람 가운데 그대만이 생명을 간직한 채

망자의 고향으로 들어가게 된 거요.

안티고네   (노래한다)

테베의 옛 왕비 니오베께서는

얼마나 잔인한 죽음을 맞이했는지요.

나무에 감겨 자라난 담쟁이가

그 덩굴로 서서히 나무를 고사시키듯,

하나 둘 빼앗긴 자식들로 인한 슬픔이

그분의 몸을 서서히 굳게 해서

황량한 산꼭대기 바위로 변하게 했다죠.[60]

그 가여운 바위마저 가만 두지 못하고

폭풍우는 매서운 채찍으로 내리치고

---

60 '어미새'로 비유되었던 안티고네는 스스로를 대지의 모신의 위임자로, 이제는 다산(多産)의 어머니요 죽은 자식들에 대한 한없는 애도로 목숨을 잃는 슬픔의 어머니인 니오베에 자신을 비유한다. 그 많은 자식을 낳고 또 이를테면 스스로 그 자식들을 삼켜버린 니오베는 '반-자궁' 안티고네의 다른 이름이다. 또한 누이가 아닌 어머니가 반복적으로 투영되는 것은 '오빠들'에 대한 그녀의 사랑이 그들 모두의 어머니 이오카스테로부터 온 것임을 암시하기도 한다. 누이이자 연인, 딸이자 어머니로서의 사랑. 그것에 어떤 이름을 붙여야 하나. 최근 정신분석학적 페미니즘이 "여성적 욕망"(feminine desire)이라고 다소 평범하게 명명하긴 했지만.

폭설은 차가운 이빨로 할퀴었다죠.
그래서 그분의 퀭한 눈, 바위의 쪼개진 틈에서는
오늘도 하염없는 눈물이 흐른다죠.
니오베를 맞이했던 그 잔인한 죽음의 신이
이제 나를 맞으러 오고 있어요.

합창대   하지만 니오베는 신의 핏줄을 타고난 분이셨고
우리는 인간의 핏줄을 타고난 한낱 인간일 뿐.
필멸의 인간이 불멸의 신이 겪은 운명을 나누려 하다니,
그런 인간이 있다면 살아서는 크나큰 명성을 얻고
죽어서는 오래토록 무한 영광을 입으리다.

안티고네   여러분은 날 비웃으시는군요!
오, 내 고향 테베를 지키시는 신들께 맹세코,
나를 조롱하려거든 내가 떠난 후에 하세요.
면전에서 조롱하진 말아주세요.

(노래한다)
오, 내 고향이여! 오, 테베의 원로들이여!
오, 생명의 젖줄 디르케 강의 푸른 물결이여!
질주하는 테베의 전차를 떠받쳐온 거룩한 땅이여!
그대들, 그대들을 부르노니, 그대들은 증언하라.
내가 어떻게 가혹한 칙령에 쫓겨
울어주는 친구 하나 없이

내 영원히 잠들 동굴로 내던져 졌는지!⁶¹
아, 가혹하다, 운명이여!
산 자들의 세상에서 추방되었으되
산 채로 추방되어
망자들의 영토에서도 환영받지 못할 신세라니!

합창대 너무나 담대하고 너무나 절제 없이
그대는 정의의 신께 도전했소.
바로 그 정의의 신께서 이 무서운 복수를 내리셨나니,
오, 가여운 사람이여,
그대는 오래된 죄의 속죄양이 되었구려.

안티고네 (노래한다)
오래된 죄, 내 아버지의 죄!
그래요, 그것이 내 모든 고뇌의 원천.
내 아버지를 덮친 참혹한 운명이여!
완악한 손아귀로 랍다쿠스 가문을 사로잡은 참혹한 운명!
오, 내 아버지와 어머니를 결혼으로 이끈 눈먼 광기여!
오, 아들과 어머니를 한 침상에 묶은 저주받은 결혼이여!
그분들로부터 불행한 목숨을 타고 난 이 몸,
이제 그분들께로 돌아가리라.⁶²

---

61 "동굴"은 무덤이며 동시에 바로 자궁의 이미지가 되기도 한다.

62 "신들의 법", 친족의 윤리, 오만하고 극단적인 성격, 저항적이고 도전적인 기질, 이 모든 현상들 이면에 자리잡고 있는, 안티고네를 죽음으로 몰고 가는 가장 근원적인 심리적 추동력이 여기에 있는 것이 아닌가. 근친상간의 자식에게 심어진 수치심과 자기

안티고네(Antigone) **129**

결혼의 축가 대신 저주의 아우성
한 가득 등에 지고 떠나가리라.
오, 내 형제 폴리네이케스!
조국을 등지고 아르고스의 딸과 결혼한
오빠의 저주받은 혼인이 오빠의 목숨을 빼앗아갔고,
이제 오빠의 죽은 손이 살아 있는 내 손을 잡아
잔인한 신랑, 죽음의 신에게 나를 데려가는군요.

합창대   죽은 형제를 땅에 묻는 혈육의 도리는 거룩한 것이나
세상의 권위는 불복종을 용납지 않으니,
오, 불행한 딸이여!
그대를 파멸로 이끈 것은 그대의 드높은 자긍심이라.

안티고네   (노래한다)
혼인의 짝도 없이 다정한 친구도 없이
울어주는 이조차 하나 없이
홀로 내던져지고 무자비하게 다루어져
이제 저들은 나를 죽음으로 끌고 가네.
오, 그대 하늘의 태양이여,
내 다시는 그대의 거룩한 빛을 보지 못하리라!
그것이 아무도 슬퍼해주지 않는 내 운명이라.
아무리 둘러봐도 날 위해

혐오, 폭력성과 자기파괴, 그리고 존재의 근원 어머니의 자궁 속으로 돌아가 혼연일
체의 한 존재로 녹아들고픈, 또는 그 자궁조차 부인(초월)하여 완전한 무의 상태로 사
라지고픈, 죽음보다 더 강한 갈망. 그것이 '반-자궁' 안티고네가 아닌가.

애도하는 이는 여기에 없구나.

크레온   그만하면 됐다!
         눈물과 한탄으로 죽음을 미룰 수 있다면
         끝없이 울고 탄식할 수도 있겠지.
         당장 저 여자를 끌고 가라.
         내가 명한 대로 동굴에 가두고
         홀로 고독 속에 몸부림치도록 동굴의 입구를 바위로 막아라.
         그곳이 저 여자의 집이요 무덤이 될 것이다.
         거기서 살든지 죽든지 그건 그녀의 선택,
         내 손은 더럽혀지지 않을 것이다. 다만 나의 책무는
         산 자들의 세상에서 그녀를 영원히 추방하는 일이다.

안티고네   오, 무덤이여, 내 신방이여,
         바위로 지은 내 영원한 감옥이여!
         이제 나는 내 혈육에게로 돌아갑니다.
         저승의 여왕 페르세포네가 따뜻하게 환영하며
         그녀의 영원한 집에 들인 내 불행한 가족에게 돌아갑니다.
         이제 우리 집안 마지막 혈통인 내게로, 아직 나이 어린 내게로,
         죽음의 신은 저토록 빨리, 저토록 무자비하게 달려오고 있군요.
         그래도 아버지, 내 어머니, 그리고 오빠, 저는 당신들이
         저를 반갑게 맞이하리라는 확실한 희망을 품고 갑니다.
         당신들께서 돌아가셨을 때 당신들을 씻기고 수의를 입혀드리고
         무덤에 누여드리고 마지막 제주를 부어드린 게 저였으니까요.
         그리고 이제 욕되게 죽은 오빠의 장례를 치른 대가로

저들이 내게 베푸는 상이 이것이랍니다!
하지만 지혜로운 자들은
내가 행한 일을 옳은 일이라 할 것입니다.
만약 내가 아들을 잃거나 남편을 잃었다면
나는 결코 도시의 뜻에 반하는 일을 하지 않았을 것입니다.
왜 그러냐고요?
남편이 죽으면 다른 남편을 구하면 될 일이요
아들을 잃었다면 다시 낳으면 되기 때문입니다.
그러나 아버지와 어머니, 두 분 모두 돌아가신 지금
내가 형제라 부를 사람을 다시 얻을 수는 없기 때문입니다.
사랑하는 폴리네이케스 오빠!
그것이 내가 오빠에게 망자의 예를 베푼 까닭이지요.
그리고 그것이 크레온 왕의 눈에 가시가 되었지요.
그래서 그의 완악한 두 손이 나를 무덤으로 끌고 간답니다.
결혼의 축가도, 신부의 기쁨도, 자식을 기르는 즐거움도
모두 빼앗긴 채 도와 줄 친구 하나 없는 추방자가 되어
깊은 동굴 속 죽음의 집으로 이끌려 갑니다.
내가 신들의 어떤 법도를 어겼습니까?
내가 왜 이제 와서 신들께 살려 달라 청하고
인간들에게 힘이 되어 달라 외치겠습니까?
이것이 신들의 뜻이라면, 과연 그렇다면,
내가 죽어서야 내 잘못을 깨닫게 되겠지요.
하지만 잘못이 저들에게 있다면
이토록 무참하게 나를 내리친 운명보다
더 무서운 운명이 반드시 저들의 몫이 될 것입니다!

합창대	격정의 바람이 방향을 틀지도 않고 여전히 그녀의 완고한 영혼을 격동케 하는구나.
크레온	그러니 더 미루다가는 우리까지 그 광풍에 휩쓸릴 거요.
합창대	그 광풍이 우리를 죽음 가까이 데려갈까 두렵습니다.
크레온	더 이상 할 말이 없소. 그대들을 안심시키기 위해 들려줄 위안의 말도 더는 없소. 사형선고는 떨어졌고 되돌릴 수 없으니 이제 끝장을 볼 수밖에 없소.
안티고네	(노래한다) 오, 테베여, 내 아버지의 고향이여! 오, 이 나라를 굽어보시는 신들이시여! 드디어 저들의 무자비한 손들이 내 머리 위에 떨어집니다! 테베의 시민들이여, 오, 테베 왕가 혈통의 마지막 가지인 나를 보시오! 불경한 인간들이 나를 무참히 짓밟았소, 거룩한 법을 지켰다는 이유로![63]

---

63 영어나 원어 그리스어의 어순으로는 안티고네가 끌려 나가면서 외치는 마지막 한 마디는 "거룩한 법!"이 된다. 담담히 작별을 고하는가 하면 자신의 선택에 강한 자부심을 내비치기도 하고, 원한에 찬 하소연을 쏟는가 하면 날선 항변을 토하기도 하고, 죽음을 맞이하는 한없는 두려움에 떠는가 하면 죽음을 통해 혈육들과 다시 만날 기쁨으로 빛나기도 하며 이 장면을 가득 채우던 그녀의 노래가 이 마지막 한 마디의 절규를 남기고 성문 밖으로 — 또는 연출적 선택에 따라 동굴 무덤 속으로 — 메아리치며 사라질 때, 안티고네는 '숭고' 그 자체가 된다. 기독교적 상상력으로는 그것은 예수를

병사들에 이끌려 안티고네 퇴장
크레온은 자리에 남는다

〈합창〉

송가 1   (느리게)
오랜 옛날에도 바위로 지어진 높은 성채에
무덤과도 같은 방에 갇혔던 이가 있었으니,
아름다운 공주 다나에,
어둠 속에 유폐되어 한 줄기 햇빛도 보지 못했었지.

오, 불행한 안티고네여!
다나에 또한 그대와 같이 오랜 왕가의 마지막 혈통,
그러나 다나에는 황금빛 햇살을 타고 온
신의 씨앗을 잉태하였도다.

(빨라지며)
너무나 신비롭고 도저히 저항할 수 없는 것이 운명의 힘!
아무리 큰 부와 아무리 강한 군대도
견고한 도시의 어떠한 성벽도
폭풍을 뚫고 달리는 어떠한 배도

매단 십자가가 우뚝 일으켜 세워지는 순간일 것이다. 하지만 차이는 분명하다. 안티
고네의 '순교'는 전시되지 않는다. 그 까닭은 〈안티고네〉가 전시할 '진짜' 죽음은 크
레온을 위해 예비되어 있기 때문이다.

운명을 이기고 구원을 가져올 수는 없도다.

답가 1   (느리게)
인간의 지식으로 디오니소스의 신성을
부인한 자에게 내린 영원한 쇠사슬의 형벌을 기억하라.

불같은 성격의 리쿠르고스!
그 오만함으로 동굴 속에 던져졌으니
깊은 어둠 속에서야 그의 광기 시들고
쓰디쓴 지혜를 비로소 얻었도다.

(빨라지며)
오, 내가 눈이 멀어 경멸하고 조롱했던 것이 신이었구나.
오, 내가 꺼트리려 했던 것이 신성한 춤의 불꽃이요
감히 막으려 했던 것이 디오니소스의 제전이며
오, 내가 범한 것이 디오니소스의 여사제들이었구나!

송가 2   (점점 빠르게)
바다가 또 다른 바다를 만나는 곳,
트라키아 해안 보스포로스 지방에는
두 개의 검은 바위 사이로 성문이 난 유명한 도시
사르미데소스가 있었도다.

그곳의 왕 피네우스, 새 왕비를 맞았으니
잔인한 그녀는 폐비를 형틀에 묶어 감금하고
폐비의 어린 두 아들마저 눈멀게 하였도다.

서슬 퍼런 왕비가 베 짜는 북의 날카로운 끝으로
두 아이의 눈을 내리쳐 피를 뿌릴 때
그 붉은 어둠은 소리 높여 복수를 외쳤도다.

답가 2   졸지에 빛을 빼앗긴 아이들,
결혼이 저주가 된 어미의 자식들은
자신들과 어미의 비참한 운명에
슬픔과 절망의 통곡을 쏟아 내었도다.

그 어미 또한 오랜 왕가의 마지막 혈통,
그녀의 아버지는 신들의 자손이었다.
먼 북방에서 자라난 그녀는
아버지의 영토에 불어 닥치던 맹렬한 북풍을 뚫고
거친 말을 타고 높은 산을 질주하던 용맹한 여인이었다.

오, 불행한 안티고네여,
그랬던 그녀도 운명으로부터 자유로울 순 없었다.[64]

---

64   제 5 합창은 안티고네에게 닥친 운명의 힘을 노래하면서 동시에 같은 운명이 크레온에
게 도래하리라는 것을 미묘하게 예언한다. 송가 1의 다나에는 분명 안티고네를 가
리키지만 답가 1의 리쿠르고스의 모습에는 안티고네와 크레온이 함께 겹쳐진다. 동
굴에 갇힌 것은 안티고네이지만 같은 어둠에 잠겨 눈이 먼 것은 크레온이기 때문이
다. 시신의 매장을 금하고 산 자를 매장하는 크레온은 삶과 죽음의 순환을 관장하는
부활의 신 디오니소스를 경멸하고 그의 여사제 안티고네를 범한 것이다. 송가 2의 새
왕비의 폭력은 오이디푸스의 자식들에 대한 크레온의 폭력에 다름 아니며 그녀가 당
할 복수는 크레온에게 닥칠 비참한 운명을 전조한다. 답가 2는 다시 안티고네로 돌아
와 전능한 운명의 힘을 추인한다. 그 운명이 안티고네보다 크레온에게 더 가혹하게
닥치는 것은 안티고네는 이미 자신의 선택이 가져올 결말을 알고서 행동하는데 반해,

크레온은 자신이 무엇을 하고 있는지 '보지 못 하기' 때문이다. 마지막에 가서야 비로소 깨닫기 때문이다. 그런 맥락에서 〈안티고네〉의 비극적 주인공은 안티고네가 아니라 크레온이라는 주장이 제기되기도 하며, 〈안티고네〉의 마지막 3분의 1에는 안티고네가 아예 등장하지도 않으며, 안티고네의 전체 대사는 300행에도 못 미치는데 비해 크레온의 대사는 그 두 배가 넘는 600행에 달한다는 사실을 하나의 근거로 제시하기도 한다.

대화와 합창 5

Episode & Stasimon 5

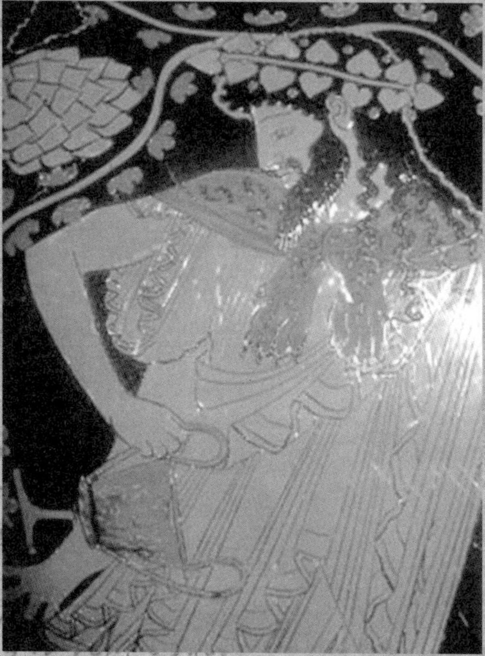

풍요와 치유, 죽음과 부활의 신 디오니소스

오, 디오니소스, 디오니소스

그대 수많은 이름으로 불리우는 신이시여!

지금 이 도시는 끔찍한 죄로 오염되고

시민들은 그 죄악의 손아귀에 붙들려 몸부림치고 있나니,

오, 그대 신속한 치유의 능력으로 어서 오소서!

파르나소스의 높은 장벽을 넘고 유리포스의 거친 광야를 달려

어서, 어서 오소서!

〈대화〉

시동의 손을 잡고 티레시아스 등장

티레시아스   여러분, 여기까지 오는 길을 이 아이가 인도해주었소.
이 아이의 눈은 자신은 물론
나를 위해서도 앞길을 내다보니까요.
눈 먼 자가 밖으로 나서려면
그 발길을 인도할 사람이 반드시 필요한 거요.[65]

크레온   그게 무슨 말이요, 티레시아스?
대체 무슨 일로 여기 온 거요?

티레시아스   말씀 드리지요.
왕께서도 제 말에 귀를 기울이셔야 합니다.

---

[65] 수백 년의 수명을 누린 전설적인 예언자 티레시아스(Teiresias)는 테베의 시조 카드모스 때부터 오이디푸스 이후 크레온에 이르기까지 일곱 대의 왕들에 걸쳐 신탁의 풀이를 통해 나라의 대소사에 관한 간언을 해온 것으로 알려져 있다. 특이한 것은 가장 뛰어난 예언자인 티레시아스가 장님이라는 사실이다. 한 신화에 따르면, 인간 목동과 지혜의 여신 아테네를 섬기는 요정 사이에 태어난 티레시아스는 신들의 비밀을 알고 이를 누설한 탓에 시력을 빼앗기게 되지만, 아테네의 배려로 새소리를 듣고서 신의 음성을 판별하거나 세상의 비밀을 깨우치는 능력을 대신 얻었다. 진실을 뚫어보는 힘을 가진 예언자가 장님이라는 사실은 역설이면서 동시에 당연한 일일지도 모른다. 육신의 눈은 현상의 세계에 미혹되기 쉽고 최선의 경우라도 진실의 본질이 아니라 진실의 외관만을 보는 데 그치기 쉽기 때문이다. 크레온의 맹목성을 드러내는 이어지는 대화에서 '본다'는 말이 빈번히 등장하는 까닭이다. '안다'라고 번역된 구절도 원문으로는 '본다'와 어원을 같이 하는 말들이다.

크레온   내가 그대의 현명한 충고를 따르지 않은 적이 있었던가?

티레시아스 언제나 귀를 기울이셨지요.
          그래서 지금까지 걸어오신 길이 평탄치 않았습니까.

크레온   그대의 지혜가 언제나 옳았음을 난 오랜 세월 경험해왔소.

티레시아스 그렇다면 잘 보십시오.
          지금 왕께서는 칼날 위를 걷고 계십니다.

크레온   그대의 말이 나를 흔들고 있소!
          칼날 위라니 그게 대체 무슨 뜻이오?

티레시아스 저는 제게 내린 계시를 말씀드릴 뿐입니다.
          오늘 아침, 여느 때와 같이 저는
          신들의 목소리를 듣는 제 기도의 자리,
          천상의 소리를 지상에 전하는 새들이 날아드는
          그 자리에 나아갔습니다.[66]
          그곳에 무릎 꿇고 기도를 올리는 중에
          무시무시한 외침소리가 들려왔지요.
          새들이, 새들이 귀가 찢어질 듯한 비명을 내지르고 있었습니다.
          보이진 않았지만 저는 그 새들이

---

66 새 울음소리를 듣고 계시를 받는 티레시아스의 재능은 아테네 여신이 부여한 것이거
니와, 하필 왜 새일까? 티레시아스의 실명 외에 신화적 설명은 찾기 어려우나, 아마도
하늘과 땅 사이를 나는 새들은 천상의 비밀을 엿듣고 지상에 그것을 전하는 존재들
이기 때문이 아닐까. 아테네의 전령인 부엉이와 같이 하늘과 땅, 영적 세계와 육적 세
계의 매개자로서의 새의 존재는 다른 문화권에서도 종종 발견된다.

날카로운 발톱으로 서로를 할퀴고
서로의 숨통마저 끊으려든다는 것을 알아챘습니다.
격렬하게 부딪히는 날개소리들이 그것을 말해주고 있었지요.
저도 덜컥 겁이 나더군요.
그래서 황급히 제단에 불을 피우고 희생물을 올려놓았지만
제대로 타오르질 않았습니다.
고기에서 배어나온 기름이 불씨를 꺼트려
자욱한 연기만이 피어오르고
희생물의 쓸개에서 터져 나온 담즙이
허공중에 높이 솟구치는가 하면
고깃살은 타들어가는 대신 뼈로부터 미끄러지듯 떨어져서
하얀 뼈들을 섬뜩하게 드러내는 것이었습니다.
처음 보는 그토록 기이하고 불길한 전조가 무엇을 뜻하는지
저는 저를 예언자의 길로 인도한 분에게 들어서 알고 있습니다.
그렇습니다. 제가 다른 사람들의 길을 인도하듯
저 또한 다른 사람에 의해 이 길로 인도를 받았지요.
그 전조가 뜻하는 것은
이제 큰 역병이 이 도시를 덮쳤다는 것이며
그 역병의 근원은 바로 당신이라는 것입니다.
이 도시의 모든 성소와 제단들이 폴리네이케스의 시신을
뜯어먹은 들개들과 새떼에 의해 오염되고 있습니다.
따라서 천상의 신들은 우리의 기도소리에 귀를 닫고
아무리 귀한 희생물을 올려도 타지 않을 것이며
신들의 목소리를 전하는 신성한 새들은
쉰 목소리로만 울게 될 것입니다.

그 새들이 인간의 피를 탐식했기 때문이지요.

그러니 조심하십시오, 왕이시여.

살아 있는 어떤 인간도 과오로울 수 없습니다.

하지만 현명하고 신중한 자라면 악의 길에 빠졌을 때

자신의 길을 돌이켜 보고 과오를 바로잡을 줄도 알지요.

어리석은 자는 그렇게 돌아볼 줄 모르고

제 길만을 가는 완고한 자입니다.

망자들에게 예를 베푸십시오.

한 번 쓰러진 자를 다시 내리치는 일을 삼가십시오.

이미 죽은 자를 다시 죽인다면 그게 무슨 용맹이겠습니까?

내가 바라는 것은 당신이 잘 되는 것입니다.

지혜에서 비롯되고 선한 결과를 가져오는 충고야말로

이 세상 무엇보다 소중한 것이지요.

크레온 여러분, 지금 여러분은 모두 과녁 앞에 선 궁수와 같이

나를 향해 화살을 날리려 하고 있소.

그리고 이 자리에 부름 받지 못한 자들은

이제 점술가와 예언자들까지 동원해 내 뜻을 막으려 하고 있소!

왕의 뜻을 저들은 마음대로 사고 팔며

왕명을 한낱 뱃짐이라도 되듯이

갑판에 실어 먼 바다로 떠내려 보내려 하고 있소.

원한다면 그대들도 가서 제 이윤이나 쫓으시오!

금은보화에 몸과 마음을 팔아버리시오!

그래도 그 시신만큼은 땅에 묻을 수 없을 거요.

결코 안 되지.

제우스신의 독수리가 시신을 먹어치우고 그 잔해를
제 주인의 옥좌까지 물고 간다고 해도 절대 안 될 일이오.
그렇게 부정 탈 것이 두려워
내가 매장을 허락할 거라고 생각하지 마시오.
죽어서 사라질 인간이 감히 신들을 더럽힐 수는 없으니까.
하지만 티레시아스, 가장 지혜로운 자도
수치스럽게 몰락하는 일이 있음을 잊어서는 안 될 것이오.
얼마 되지도 않는 돈에 매수되어
거짓을 퍼뜨리는 일에 예언의 재능을 팔다니!

티레시아스   이토록 생각이 미치지 못한단 말인가? 정녕 보지 못한단 말인가?

크레온   무엇을 본단 말이오? 또 무슨 거짓 설교를 하려드는 거요?

티레시아스   현명한 충고란 인간이 가질 수 있는 최고의 복일진대.

크레온   또한 우매함이란 인간이 겪을 수 있는 최대의 역병이란 것쯤
은 나도 알고 있지.

티레시아스   그러고도 자신이 그 우매함의 역병에 걸려 있음을 보지 못하다니.

크레온   이제부터 예언자나 점술가 따위와는 더 이상 말을 섞지 않겠다!

티레시아스   진심이오? 정녕 내 예언이 거짓이라 말하는 거요?

크레온   예로부터 점술가들은 황금에 곧잘 눈이 멀거든.

티레시아스   그리고 폭군들은 권력에 눈이 멀고요.

크레온   지금 그 말을 그대의 왕에게 하는 건가?

티레시아스   이 나라의 숱한 왕들을 죽음의 위기에서 건졌던 것이 나요.

크레온   그대가 지혜로운 예언자임은 틀림없다. 또한 사악한 예언자임도!

티레시아스   나를 자극해서 내가 아는 어두운 비밀을 깨어나게 하지 마시오.

크레온   어두운 비밀? 마음대로 깨어나라지.
다만 돈에 팔려 입을 열지는 마라!

티레시아스   내가 정말 돈을 바라고 여기 왔을 것 같소?

크레온   네 자신을 팔아먹은 돈이 아무리 크다 해도
왕의 칙령을 사고 팔 수는 없을 것이다.

티레시아스   그렇다면 이 말씀을 드릴 수밖에요.
하늘을 가로질러 질주하는 태양이 채 한 바퀴도 돌기 전에
당신은 당신이 저지른 살인의 대가로
당신의 몸에서 나온 자식을 드리게 될 것이오.[67]

---

67   실제로 〈안티고네〉의 극적 행동은 일출 직전에 시작하여 일몰 직후에 종결된다. 아폴로의 시간에서 디오니소스의 시간으로 진행되는 것이다. 현실의 질서와 권력에 의한 안티고네의 매장이 태양이 중천에 오른 한낮에 이루어지는 것이라면 해가 기울기 시작하는 지금은 크레온의 몰락을 바라보는 시점이다. 머지않아 디오니소스가 횃불을 들고 찾아와 그에게 희생을 요구할 것이다.

죽음은 죽음으로 갚을 수밖에 없으니까.

그것은 당신이 땅 위의 인간을 땅 아래 묻고

살아있는 생명을 죽은 자의 무덤에 가두었기 때문이오.

또한 이 땅의 왕인 당신이나 하늘의 신들이 아니라

지하의 신들께 속한 것을

매장도 하지 않고 장례도 베풀지 않은 채

불경스럽게도 이 지상에 방치한 때문이오.

그렇소, 당신이 매도한 것은 바로 망자의 세계를 다스리는 신들,

그 신들이 복수의 사자들을 당신에게 보내 올 것이오.

그 무서운 사자들은 이미 당신의 길에

당신을 위한 함정을 파놓았고

당신으로 하여금 혹독한 값을 치르게 할 것이오.

자, 다시 생각해보시오.

내가 정녕 이 말을 돈을 바라고 한다고 아직도 생각하오?

몇 시간도 지나지 않아 당신의 집에서는 남녀노소 할 것 없이

모든 식솔들의 곡성이 울려 퍼질 것이오.

당신에 대한 증오가 이미 다른 도시들에서 솟아나고 있소.

전장에서 죽은 아들들이 들개 떼와 새 떼의 밥이 되고

그 시신의 잔해를 새들이 물고 가서

죽은 자의 집 마당과 제단에 흩뿌려

그 혈육들이 눈물로 울부짖고 있는 아르고스의 도시들 말이오.

테베의 시민들이 당신에게 화살을 쏜다고 했소?

그렇다면 이 말이 내가 쏘는 화살이오.

또한 당신 자신의 불경이 번 화살이오.

이 화살은 결코 빗나가지 않을 것이오.

그 날카로운 화살촉을 당신은 절대 피할 수 없을 거요.
애야, 날 다시 집으로 데려가 다오.
저 분의 분노는 여기 있는 사람들에게나 퍼부으라고 하자.
제발 저 난폭한 입을 다스리는 법을 배우고
무슨 일이 일어나고 있는지
좀 더 깊이 제대로 볼 수 있다면 좋으련만.

시동의 손을 잡고 티레시아스 퇴장

합창대장   왕이시여, 예언자가 저렇게 떠났습니다,
파멸의 운명을 예고하는 말을 남긴 채.
왕이시여, 저는 오랜 세월을 살았습니다.
그래서 확실히 아는 것은
티레시아스가 테베에 관해 던진 예언은
지금껏 한 마디도 빗나간 적이 없었다는 것입니다.

크레온   나도 잘 알고 있소. 그래서 두렵소.
굴복하는 것은 힘든 일이지만
버텨 서서 온몸으로 재난을 맞는 것은 더욱 힘든 일이겠지.

합창대장   왕이시여, 판단을 잘 하셔야 할 때입니다.

크레온   내가 어떻게 해야 한단 말이오?
조언을 주시오. 내 들으리라.

합창대장   안티고네를 바위동굴에서 풀어 주시고

묻히지 못한 시신을 무덤에 안치하십시오.

크레온   그게 그대들의 충고요? 나더러 굴복하라고?

합창대장   저라면 그리 할 것입니다, 그것도 서둘러서요.
            인간의 과오를 다스리기 위해 하늘로부터 오는 형벌의 손은
            순식간에 우리의 목을 거머쥐기 때문입니다.

크레온   스스로 뜻을 굽혀 굴복하는 것은 이 얼마나 힘든 일인가.
            하지만 인간이 운명에 맞설 수는 없는 일.
            내가 무릎을 꿇을 수밖에.[68]

합창대장   그렇다면 어서 가십시오. 가서 말씀드린 대로 행하십시오.
            이것은 남들에게 맡길 일이 아닙니다.

크레온   즉시 가리다.
            병사들과 거기 시종들까지 모두 나를 따르라.
            동굴 입구의 바위를 치울 연장을 가지고
            지금 당장 바위동굴로 가자.
            내가 내린 칙령을 내 스스로 뒤집었으니

---

68 이미 하에몬과의 논쟁에서 미세하게나마 흔들리기 시작한 크레온의 의지가 티레시아스의 예언으로 결정적으로 꺾인다. 이러한 면모는 크레온에게서 — 〈오이디푸스 왕〉의 오이디푸스에 가장 탁월하게 구현된 — 파멸에 직면해서도 불굴의 의지를 굽히지 않는 비극적 영웅의 자질을 박탈하는 것으로 간주될 수도 있다. 하지만 두 주인공을 가지는 〈안티고네〉에서는 안티고네가 그와 같은 오이디푸스적 영웅을 구현하는데 비해, 크레온은 보다 인간적인 주인공, 즉 자신의 과오 또는 맹목성을 깨닫고 돌이키려하나 이미 늦어버린 자의 비극을 제시하는 것으로 볼 수 있다.

그 애를 가둔 내가 직접 그 애를 풀어주어야 한다.
신들의 영원한 법도를 내 진작 지켰어야 했거늘.

크레온, 병사들과 함께 퇴장

〈합창〉

송가 1 　그대, 수많은 이름으로 불리우는 신이시여!
천둥 번개로 하늘을 다스리는 제우스의 아들!
우리 시조 카드모스의 따님 세멜레가 낳은 기쁨의 아들!
대지의 여신 데메테르가 거하는 모든 곳에
진정한 제왕으로 살아계신 이,
오, 디오니소스여![69]

여기, 당신 어머니의 고향을 돌아보소서.
여기, 이스메노스 강물에 들판은 비옥하고
그 들판에 용의 씨를 뿌려 용맹한 자손을 낳은
이 테베를 돌아보소서.
테베의 여인들 환희에 차 그대를 경배하니

69 　디오니소스의 "수많은 이름"이란 그리스 반도와 소아시아의 여러 지역별로 그 이름
이 각각 달리 불렸다는 사실 외에, 신성에 관한 인간의 지식이란 단편적일 수밖에 없
다는 점, 신의 이름으로 인간이 행하는 모든 것은 개인 또는 집단의 주관적이고 편파
적인 행위에 불과하다는 것을 말해주기도 한다. 크레온과 안티고네가 각각 자신들의
신념과 욕망을 위해, 그리고 그 신념과 욕망이 낳는 불만과 불안을 극복하기 위해 자
신들만의 신을 부르듯이.

여기 당신의 영토가 있나이다!

답가 1 파르나소스 산꼭대기 영감의 샘물이 솟구치는 곳에,
목신들과 숲의 요정들이 당신을 위한 주연을 베푸는 곳에
시커먼 연기 뿜으며 이글거리는 횃불을 들고 오시는 이여![70]

멀고 먼 아시아의 담쟁이 우거진 언덕을 넘고
탐스러운 포도송이 주렁주렁 매달린 지중해 푸른 해안을 거쳐
거침없이 달려오시는 방랑과 편력의 신이시여!

그대 테베로 오시는 길에
그대 이름 드높이 외쳐 부르는 신비한 목소리 들리네:
"오, 디오니소스! 오, 디오니소스!"

송가 2 이 세상 모든 땅 가운데
여기 당신의 진정한 고향이 있으니
제우스의 신부, 당신 어머니의 고향 테베!

---

70 파르나소스(Parnassus) 산은 그리스 중부의 고산으로서 태양신 신전이 있는 델파이
(Delphi)를 가까이 에워싸고 있어서 일반적으로는 아폴로의 성지로 일컬어진다. 하
지만 파르나소스가 두 봉우리로 이루어져 하나는 아폴로와 뮤즈들의, 다른 하나는 디
오니소스와 님프 및 목신들의 거처라는 또 다른 전설에 의하면, 파르나소스는 바로
뮤즈들의 비파가 대변하는 조화로운 현악과 목신들의 피리가 대변하는 소란스런 관
악 사이에 시합이 벌어지는 경쟁의 장이었다는 것이다. 그리스 비극을 아폴로와 디오
니소스의 대결로 파악한 니체의 명제를 지지해주는 전설이다. 제 6 합창은 이 전설을
전제하되 디오니소스가 파르나소스를 지배하는 밤의 시간을 노래한다. 문명세계의
질서를 수호하는 아폴로가 아니라 파괴를 통한 창조, 곧 근원적 생명력의 수호자 디
오니소스가 인간들의 놀이인 비극을 지켜보는 주빈이 된다. 그리고 그 파괴는 안티고
네와 하에몬 뿐 아니라 크레온과 그의 아내 유리디케까지 모두 휩쓸게 될 것이다.

아, 지금 이 도시는 끔찍한 죄로 오염되고
시민들은 그 죄악의 손아귀에 붙들려 몸부림치고 있나니,
오, 그대 신속한 치유의 능력으로 어서 오소서!
파르나소스의 높은 장벽을 넘고 유리포스의 거친 광야를 달려
어서, 어서 오소서!

답가 2   저 하늘을 운행하며 불꽃처럼 타오르는 별들이
마음껏 춤추며 그대를 찬양하나니,
그대를 애타게 부르는 소리 밤을 새워 울려 퍼지네.[71]

제우스의 아들이시여, 나타나소서!
오소서, 이 땅의 주인이시여!
격정과 광란의 춤으로 그대를 찬양하는
목신들과 숲의 요정들을 몰고 오소서!

오, 무한히 풍요로운 디오니소스여!

---

[71] 답가 1의 "이글거리는 횃불"과 함께 이 대목은 극중 시간을 일몰 후로 확정해주고 있다.

종막

Epilogue

디오니소스의 여신도들에게 찢김 당하는 펜테우스

오, 슬픔이여!

쓰디쓴 교훈을 내가 얻었도다!

신들이 육중한 짐으로 나를 내리누르고

잔인한 손길로 나를 산산조각 찢었으니,

내 기쁨은 뒤집혀 신들의 발아래 짓밟혔구나.

아, 인간은 고난의 존재로다!

〈대화〉

전령 등장

전령　시민 여러분, 사람의 운이란 얼마나 불확실한 것인지요!
　　　운에 따라 위대한 인간도 한 순간에 무너지고
　　　운에 따라 미미한 존재도 생각도 못할 만큼 높아지지요.
　　　그 무엇도 확실한 것은 없습니다.
　　　그러니 자신만만할 것도 없고 절망할 것도 없는 법이지요.
　　　아무도 미래의 일을 미리 알 수는 없으니까요.
　　　한 시간 전만 해도 저는
　　　크레온님의 행운을 얼마나 선망했는지요!
　　　그분은 테베를 구했고
　　　그에 따라 우리는 그분을 왕으로 모셨지요.
　　　그분께는 통치를 돕는 훌륭한 아드님도 있었지요.
　　　그 모든 것을 이제 그분은 잃었습니다.
　　　그분께 기쁨을 주던 것들이 그분의 생명을 앗아갔습니다.
　　　그는 이제 숨은 쉬고 있으나
　　　시체나 다름없는 신세가 되었답니다.
　　　당신들도 원하신다면 궁정에 보물을 산같이 쌓아두고
　　　왕의 화려한 영광으로 온몸을 감싸보십시오.
　　　그러나 그러고도 행복과 기쁨이 없다면
　　　그 보물과 영광을 얻기 위해
　　　나는 지푸라기 하나라도 내놓지 않으렵니다.

합창대장	그대가 가져온 그토록 무거운 소식이 무엇이오?
전령	죽음의 소식이지요! 그리고 피 흘리는 죄악이 산 자들을 덮쳤다는 소식이지요.
합창대장	죽음이라니? 누가 죽었소? 또 그를 죽인 건 누구요? 어서 말해보시오.
전령	하에몬 왕자께서 돌아가셨습니다, 그것도 무척 가까운 사람의 손에 의해서.
합창대장	설마 그분 아버지께서? 아니면 스스로 목숨을 끊었단 말이오?
전령	자결하셨습니다, 아버지에 대한 분노에 휩싸인 나머지.[72]
합창대장	오, 티레시아스! 역시 당신의 예언은 빗나가지 않았소!
전령	제가 전할 바를 전했습니다. 나머지 일은 여러분께 맡기겠습니다.

---

72 그리스 비극에서는 폭력의 장면은 언제나 무대 밖에서 일어나고 목격자가 그 광경을 무대 위의 인물들과 관객에게 전하는 방식으로 이루어진다. 그것이 선정성을 피하려는 윤리적 이유에서이기도 하지만 심미적 고려이기도 한 것은 청각적 인상이 시각적 인상보다 훨씬 울림이 깊고 그 효과 또한 보다 지속적이기 때문이다. 실제로 유리디케의 등장에 이어지는 전령의 대사는 -- 안타깝게도 번역으로는 온전히 포착할 수 없는 -- 선명하고 충격적인 언어적 심상은 물론 운율적으로도 매우 격렬한 리듬으로 구성되어 있어 안티고네의 죽음, 하에몬의 통탄과 자결, 그리고 크레온의 충격을 생생하게, 전하는 이의 감정을 통해 증폭시켜 그려낸다.

합창대장	보시오!
	크레온님의 아내 유리디케님께서 나오고 계시오.
	아드님의 소식을 들은 걸까?
	아니면 아무 것도 모른 채 오시는 걸까?

유리디케 등장

유리디케	시민 여러분, 궁정 문을 나오다가 듣게 되었어요.
	아테네 여신의 성소에 제물을 바치러 가던 길이었지요.
	문을 열기 위해 문손잡이에 막 손을 대던 참이었는데
	죽음을 말하는 목소리가 내 귀에 들려왔어요.
	두려움에 기력을 잃고
	시녀의 품에 안겨 잠시 정신을 잃고 말았지요.
	그러니 다시 한 번 말해보세요.
	이번에는 정신을 차리고 들을 수 있어요.
	재앙이 끊이지 않는 이 도시에 살면서
	끔찍한 소식이라면 이제 이골이 날 정도이니까요.[73]

---

73 한 번도 언급되지 않던 왕비 유리디케의 돌연한 등장을 극작법의 미숙으로 보는 관점도 틀리지 않다. 하지만 이미 아들의 존재를 통해서도 부분적으로 제시된 바이지만 '친족'의 사적 윤리에 맞서 국가법을 표상하던 크레온 자신의 사적 영역(가족)이 마지막에 와서 드러나는 것은 그가 부인하던 죽은 혈육에 대한 애도가 — 티레시아스의 불길한 예언이 명시했듯 — 이제 그 자신의 몫이 되리라는 점을 전조한다. 하지만 그 지점에 이르기 전에도 크레온 가의 애도는 이미 시작되었던 것은 아닌가. 유리디케가 "성소에 제물을 바치러 가던" 중이었음에 유의하자. 무엇을 위한 제물일까. "이골이 날 정도"로 들은 "끔찍한 소식" 가운데 혹 크레온의 혈육은 없었을까.

전령　왕비님, 제가 거기에 있었습니다.

제가 진실을 말씀드리겠습니다.

아무 것도 숨기지 않고 그대로 말씀드리지요.

숨길 이유가 없지요. 다른 누군가가 결국 진실을 말할 거고,

숨긴다면 전 거짓말을 한 셈이 될 테니까요.

언제나 진실만을 말하고 진실을 아는 것이 최선이지요.

저는 크레온님과 함께 폴리네이케스의 시신이 있는

광야 언덕으로 올라갔습니다.

시신은 이미 짐승들에 의해 뜯겨

참혹한 모습으로 그곳에 누워 있더군요.

우리는 정결한 물로 시신을 씻기고

지하의 신들께 기도를 올렸지요.

시신을 더럽힌 우리에 대한 분노를 거두시고

자비를 베풀어 주십사 하고요.

그런 다음 나뭇가지들을 꺾어 모아

그것으로 시신의 잔해를 불태웠습니다.

불이 꺼진 후 재가 된 뼈를 한데 모아 그 위에

망자의 고향인 이 땅의 흙을 뿌려 얕은 무덤을 쌓아올렸고요.

그리고 나서야 우리는 동굴로 향했습니다.

죽음의 신이 신랑이 되어

제물로 바쳐지는 신부를 기다리는 곳이지요.

그 음산한 지대에 들어서는데

한 병사가 희미한 울음소리를 들었고,

왕께 그렇게 말씀드렸더니

왕께서는 동굴로 황급히 달려가시기 시작했습니다.

그때 동굴 쪽에서 불어온 강한 바람에 실려

비탄의 절규 소리가 들려왔습니다.

왕께서는 고뇌에 차서 큰 소리로 신음하시듯 외쳤습니다:

"오, 내 두려움이 사실이 되었단 말인가?

내 평생 달려온 길 가운데

오늘 이 길이야말로 최악의 여정이란 말인가?

저 소리는 분명 내 아들의 목소리다. 서둘러라!

달려가서 동굴 입구 바위 틈새로라도 들어가

하에몬이 거기 있는 것인지

아니면 신들이 나를 우롱하는 것인지 어서 알아봐다오!"

그 절박한 외침에 우리는 쏜살같이 달려가서

동굴 속을 들여다보았습니다.

동굴 가장 깊숙한 곳 허공중에 안티고네가 매달려 있었습니다.

숨이 끊긴 채 말입니다.

자신의 옷을 찢어 밧줄로 삼았더군요.[74]

하에몬님도 거기 있었습니다.

그녀의 죽은 몸을 부둥켜안고

---

[74] 밧줄로 목을 맨 안티고네의 죽음은 분명 어머니 이오카스테의 죽음을 연상시킨다. 어머니의 자리를 대신한 것일까. 자식을 낳은 자궁 속으로 다시 그 자식을 받아들인 어머니는 비참한 운명의 희생자일 뿐인가. 그 운명 속에 그녀 자신의 욕망이 들어설 자리는 없는가. 그것은 또한 자신이 나온 자궁 속으로 회귀하고자 하는 오이디푸스적 욕망과는 어떻게 다른가. 그러고 보면 "동굴 가장 깊숙한 곳 허공중에 매달린" 안티고네의 시신이 남근적 표상(phallus)을 구현하고 있는 것은 기이하지 않은가. 운명에 희생된 어머니의 죽음을 다시 죽음으로써 그녀는 그 운명 속에 욕망의 자리, 곧 주체의 자리를 마련하고 있는 것인가. 아니면 그것이 생명이 끊어진 남근이라는 점에서 남근의 궁극적 부재, 곧 모든 욕망의 허구성을 선언하는 것인가.

아버지에 대한 원망과

사랑하는 사람의 죽음에 대한 비탄으로

고통스럽게 몸부림치고 있었지요.

그때 크레온님께서 그 자리에 당도하셨습니다.

아드님을 보시고는 당신도 고통스럽게 외치셨지요:

"내 아들아! 내 아들아! 왜 그러고 있느냐?

네가 무슨 짓을 한 거냐?

대체 네가 왜 여기 있단 말이냐? 이 무슨 미친 짓이냐?

오, 제발 이리로 나오너라, 내 아들아.

부탁이다, 제발 나오너라!"

그런데 하에몬님께서는 아버지를 분노에 찬 눈길로 쏘아보더니

그분 얼굴에 침을 내뱉는 것이 아니겠습니까.

그리고는 말 한 마디 없이 칼을 뽑아들고 달려들었습니다.

크레온님께서는 다행히 칼끝을 피했지만

하에몬님은 아버지에 대한 가라앉지 않는 분노와

아버지를 죽이려했다는 자괴심이 서로 쟁투하는 듯

말할 수 없이 괴로워하시던 끝에

칼을 자신의 몸 깊숙이 찔러 넣었습니다.

그리고는 마지막 남은 숨을 다해 기어가

죽은 안티고네를 품에 끌어안았지요.

한동안 거친 숨을 몰아쉬던 끝에 그녀의 창백한 얼굴 위에

붉은 피를 토하고 숨을 거두고 말았습니다.[75]

---

75   "붉은 피"는 바로 하에몬이라는 이름이다. 죽음의 순간에야 비로소 완성되는 이름,
     생명이 문명의 질서 속에 스스로의 생존을 위해 감추고 억압해야 했던 모든 것들이
     마지막 순간에야 현현하는 것이다. 동굴/자궁을 남근이 되어 가로막은 '반-자궁' 안

그렇습니다, 그렇게 두 사람은 나란히 누워 잠들었습니다.
두 사람은 이 세상이 아니라
저승에 가서야 비로소 하나로 맺어진 것이지요.
일이 이렇게 된 것은 모두 인간의 어리석음 때문이지요.
이로써 우매함이야말로 인간이 가진 최고의 악덕임을
온 세상에 보여주었습니다.

유리디케 퇴장

합창대장   왕비께서 저렇게 아무런 말씀 없이,
아무런 표정도 내비치지 않고 떠나시다니,
이건 또 어찌된 일일까?

전령   어찌된 일이냐고요?
아니 그럼, 왕비께서 시민들이 모두 지켜보는 자리에서
비탄에 잠겨 통곡이라도 해야 한다는 겁니까?
아니지요.
아드님의 죽음으로 인한 슬픔에도 자신을 가누고
궁중에 들어가서서 시녀들만 있는 은밀한 곳에서야
비로소 눈물을 흘리시겠지요.
그런 왕비님이야말로 진정한 분별력을 가지신 분입니다.
왕가의 일원으로서 부적절한 행동은 결코 하지 않으실 분이지요.

합창대장   그럴지도 모르지.

———
티고네도 마찬가지이다. 그렇다면 쥬디스 버틀러가 안티고네에게서 '남성적' 동성애
자를 발견하는 것이 억측만은 아닐 듯하다.

하지만 차라리 격렬한 눈물을 보이는 것이
저토록 기이한 침묵을 지키는 것보다야 덜 불길하지 않겠는가?

전령 말씀을 듣고 보니 정말 불길한 일이군요.
거기에 어떤 위험이 있을 수도!
제가 따라가 보겠습니다.
슬픔의 격정을 품은 가슴에는
남모르는 생각이 숨어 있을 수도 있으니까요.

전령 퇴장

〈크레온의 노래와 합창〉[76]

합창대 보라, 저기 크레온이 오고 있나니
그가 메고 오는 저 짐은 그의 과오를 말해주는 증인이로구나.
아, 모든 것이 인간의 맹목 탓이로다!

크레온과 병사들, 하에몬의 시신을 메고 등장

크레온 (노래한다)

---

76 대화와 합창 4의 "안티고네의 노래와 합창"과 같이 이 장면은 크레온과 합창대의 교
창으로서 크레온의 대사는 대부분 노래로 이루어진다. 원작에서는 "종막"(Epilogue)
안에 삽입된 장면이지만, 작품 전반의 구성적 균형을 위해 역자 임의로 — 안티고네
와 크레온 두 인물의 대칭적 관계를 구조적으로 강조하기 위해 — 별개 장면으로 분
리했다.

슬프다!
우매함으로 저지른 내 죄악은
잔혹한 죽음의 냄새로 가득하구나!
테베인들이여, 보라!
죽인 자와 죽은 자, 아비와 아들을!
내 완악한 행동이 빚은 결실을!
내 아들아! 숨을 거둔 내 아들아!
이토록 젊은 나이에 내게서 뜯겨 나가다니,
이토록 젊은 나이에!
너는 잘못한 게 없는데,
모든 게 내 잘못인데, 오 아들아!

합창대장   너무도 늦게, 너무도 늦게
당신께서는 지혜의 길을 보시게 되었습니다.

크레온   (노래한다)
슬프다!
쓰디쓴 교훈을 내가 얻었도다!
신들이 육중한 짐으로 나를 내리누르고
잔인한 손길로 나를 산산조각 찢었으니,
내 기쁨은 뒤집혀 신들의 발아래 짓밟혔구나.
아, 인간은 고난의 존재로다!

궁정으로부터 전령 등장

전령   왕이시여, 슬픔의 짐을 지고 먼 길을 오셨음을 압니다만,

당신의 집안에는 또 하나의 불행이 당신을 기다리고 있습니다.

크레온   이 걷잡을 수 없는 슬픔에 또 하나의 불행을 더하겠다고?

전령   아드님의 어머니 되시는 왕비께서 돌아가셨습니다.
아들을 잃은 슬픔에 자신의 가슴팍에 칼을 꽂으셨습니다.[77]

크레온   (노래한다)
슬프다!
그대 죽음의 검은 손길이여,
탐욕스럽고 거침없는 손길이여!
어찌 그리 무자비하단 말인가?
파멸을 알리는 목소리들아,
참담한 슬픔의 소식을 전하는 자들아,
오, 그것이 사실이란 말인가?
지금 뭐라 말했느냐?
오, 너는 이미 죽은 나를 다시 한 번 죽이는구나!
말해봐라, 그게 사실이냐?
죽음이 죽음을 불러 잔치를 벌였더란 말이냐?
내 아내, 내 아내여!
아들이 죽고 이제 아내까지 빼앗겼도다!

궁정 문이 열리고 유리디케의 시신이 드러난다.[78]

---

77   안티고네가 목을 맨 어머니 이오카스테의 죽음을 따라 죽듯이 어머니 유리디케가 가
슴에 칼을 꽂은 아들의 죽음을 따라 죽는 것은 다만 우연의 일치일까.

78   앞서 그리스 비극에서는 선정적인 폭력(죽음)의 장면을 무대 위에 재현하지 않는다

합창대장	아, 눈을 들어 보십시오, 저기 왕비님의 시신을!
크레온	(노래한다)

아, 슬픔에 슬픔을 더하고 더해라!

언제야 끝나려는가?

운명은 나를 위해 또 무엇을 쌓아두고 있는가?

죽은 아들을 내 품에 안고 있는 동안

죽음의 신은 또 하나를 덮쳤구나.

오, 잔인한 운명이여!

아들과 어머니를 한 날에 데려가다니![79]

고 언급했지만, 폭력의 결과인 시신 또는 -- 눈에서 피를 쏟는 오이디푸스와 같이 -- 폭력이 자행된 직후의 장면을 무대 위에 들여오는 경우는 종종 발견된다. 이른바 '카타르시스'를 예비하는 공포와 연민을 극대화하기 위해서이다. 따라서 크레온이 하에몬의 시신을 안고 등장하는데 이어 유리디케의 시신까지 전시되는 것은 아들의 자결로 이미 깊은 충격에 빠진 크레온에게 잉여의 일격을 다시 가하는 것으로서, 그가 맞이한 비참한 운명에 잔혹함을 더하고 그에 대한 연민 또한 배가시키는 장치로 읽힌다. 다른 한편, 안티고네의 시신의 행방에 대한 궁금증이 있을 수도 있다. 무대 위에 전시되는 두 죽음이 안티고네가 '낳은' 죽음임을 시각적으로 강조하기 위해서, 크레온의 '생중사'(生中死)를 안티고네의 '사중생'(死中生)과 대비시키기 위해서, 그녀의 시신을 하에몬과 함께 무대에 들여오는 공연이 있을 수 있다. 하지만 소포클레스의 선택은 다르다. 크레온 가의 파멸은 크레온 자신이 초래한 일이며, 안티고네의 불후성은 무대 위의 육신의 부재를 통해 더욱 강력하게 성취된다는 것이다.

79 이제 크레온은 안티고네와 자리를 완전히 맞바꾼다. 두 오빠를 동시에 잃은 안티고네와 마찬가지로 아들과 아내를 한꺼번에 잃은 크레온의 통곡에는 삶을 무너뜨리는 고통의 무게가 실려 있다. 가족 장례식에서 전통적으로 여성에게 맡겨졌던 애곡을 크레온 자신이 떠맡게 된다. 안티고네의 도전에 무너지면 그녀가 남자가 되고 자신은 여자가 되리라는 '예언'이 성취되는 순간인 것이다.

전령   왕비님께서는 날카로운 칼을 들고 제단 앞에 서 계셨습니다.
그리고는 먼저 돌아가신 맏아드님 메가레우스의 이름을
애타게 부르시고 또 하에몬님의 이름을 부르시다가
마침내 두 아들을 모두 죽인 크레온님을 저주하면서
목숨을 끊으셨습니다.[80]

크레온   (노래한다)
저주 받아 마땅하다, 아내와 자식을 죽인 자!
오, 슬픔이 나를 산산조각 내기 전에
누가 칼을 뽑아 단칼에
이 모든 슬픔을 끝내줄 자는 없는가?

전령   왕비께서는 아들들을 죽인 아비의 죄를 물은 것입니다.

크레온   어떻게 했느냐? 어떻게 자신의 목숨을 끊었단 말이냐?

전령   하에몬님이 돌아가신 이야기를 듣고는
칼로 당신의 가슴을 찔렀습니다.

---

80   유리디케의 느닷없는 등장과 마찬가지로 크레온의 장자 메가레우스(Megareus)의 이름이 불쑥 언급되면서 크레온 가의 전모가 드러난다. 극중에 명시되지는 않지만, 메가레우스는 폴리네이케스가 끌고 온 아르고스 군과의 전투에서 전사했다. 그렇다면 유리디케가 제물을 바치러 가던 것은 맏아들의 명복을 빌기 위해서가 아니었을까. 아니, 애초에 크레온의 폴리네이케스 매장 금지 칙령은 반역자에 대한 국법의 시행이기 이전에 자식을 빼앗긴 아버지의 사적인 복수는 아니었을까. 안티고네의 무의식적 욕망이 친족의 윤리를 넘어서는 것이라면, 크레온의 인간적 동기는 마찬가지로 그를 국가의 윤리에 못 미치게 한다. 〈안티고네〉를 윤리적 요청의 충돌이기보다 인간적 과잉과 결핍의 비극으로 읽게 되는 까닭이다.

크레온   (노래한다)

         이 모두가 오로지 내 죄, 내가 아내를 죽였다.

         다른 누구도 이 죄악에 함께 하지 않았으니

         칼을 내리친 것은 바로 나다.

         그게 진실이다.[81]

         자, 날 데려가 다오, 사람의 눈이 닿지 않는 곳으로!

         살아있으나 죽은 것이 나다.

         어서 여기서 날 데려가 다오!

합창대장   그렇게 하는 것이 최선일 듯합니다.

         이토록 참혹한 상황에서도 최선이라는 게 있을 수 있다면.

         인간이 가는 길이 고난의 연속이라면

         그 길은 짧을수록 최선이겠지요.

크레온   (노래한다)

         오너라, 내 생애 최고의 날, 내 삶의 마지막 날이여!

         죽음의 축복을 가져오는 날이여!

---

81 그 "진실"은 비단 자식과 아내의 죽음에 대한 자신의 책임을 넘어서서 그가 그토록
     부정하던 친족의 윤리, 더 정확하게는 죽은 혈육에 대한 '한없는' 애도의 불가피성에
     대한 깨달음이다. 그 부정이 안티고네의 죽음을 초래했고, 이제 그녀의 죽음이 낳은
     죽음들로 인해 크레온은 혈육애의 '절대성'을 깨닫는다. 이 "비극적 인식"(아리스토
     텔레스가 말한 anagnorisis)이 안티고네가 아니라 크레온의 몫이 된다는 점에서 〈안
     티고네〉의 비극적 주인공은 크레온이라는 주장에는 분명 일리가 있다. 하지만 그 '인
     식'을 안티고네가 선취하고 있고 크레온에게 전승된다는 점에서 어느 한 편이 아니
     라 두 사람의 관계가 이 극의 비극적 주인공이라는 주장도 있어 왔다.

그대, 여명이 오지 않을 영원한 밤이여, 어서 오너라!⁸²

합창대장   그러한 날은 장차 올 것입니다.
하지만 살아 있는 한 우리는 지금 여기서
우리에게 맡겨진 삶을 살아가야 합니다.

크레온   나는 죽기를 기도할 뿐이오.
그것 외에 내가 바라는 것은 없소.

합창대장   그렇다면 그 기도를 멈추십시오.
기도하지 않아도 필멸의 인간에게
고난과 죽음은 반드시 찾아올 것이기 때문입니다.

크레온   날 여기서 데리고 나가주시오,
눈이 멀어 아들을 죽이고 아내를 죽인
어리석고 허영심에 찬 이 사람을.
오, 내가 어디를 둘러본들 살아갈 힘을 되찾을 수 있겠소?

---

82   결국 안티고네가 불렀던 죽음의 찬가를 크레온이 부르게 된다. 안티고네의 "거룩한
법"과 대칭을 이루는 이 마지막 노래의 마지막 말은 영어와 그리스어 어순으로 "영원
한 밤"이다. 바로 앞 노래의 "살아 있으나 죽은" 크레온 자신의 운명을 일컫지만, 안
티고네의 마지막 순간만큼 숭고미를 획득하긴 어렵다고 보는 견해가 지배적이다. 숭
고(sublime)보다는 비애(pathetic)에 가깝다는 평가를 받아왔다. 과연 그런가? 처음
부터 죽음을 각오/욕망한 안티고네가 죽음을 껴안으며 토하는 결연한 외침이 보통
인간의 한계를 돌파하는 초인이 불러일으키는 숭고라면, 삶이 곧 죽음이 된 크레온
의 고통에 찬 절규는 그 한계 앞에 무너진 보통 인간에 대한 연민만을 불러일으키는
가. 그래서 범인 크레온의 비극은 초인 안티고네의 비극에서 파생된 인간희극(human
comedy)일 뿐인가.

내가 감당할 수 없는 무거운 운명이 내게 떨어진 지금.

크레온과 병사들 궁정으로 퇴장

합창대   (노래한다)
지혜야말로 행복의 근원이요
신에 대한 공경이야말로 행복의 조건이로다.
교만한 자의 기세등등한 언행은
그 교만만큼이나 큰 대가를 치르게 하니,
인간이 지혜를 얻는 것은
어찌 늘 이리도 늦단 말인가.[83]

- 막 -

---

[83] 마지막 합창대의 노래를 크레온에 대한 경고로 받아들이기 쉽다. 하지만 앞선 합창
들이 보여주었듯 이 또한 크레온과 안티고네 양인을 함께 '무지'와 "교만"으로 묶는
것으로 볼 수는 없을까. 자신의 신념과 욕망에 '지나치게' 충실했던 자는 자신의 길을
돌이킬 생각도 없이 죽음을 낳는 죽음으로 치달았고, 자신의 맹목을 뒤늦게 깨닫지만
돌이키기에는 '이미 늦은' 자는 살아 있는 죽음을 살게 되지 않았는가. 초인이든 범인
이든 인간인 바에야 모두 "행복"의 삶을 살기에는 과잉과 결핍의 존재임을 말해주는
것이 〈안티고네〉의 비극이 아닐까. 그리하여, '장렬하게' 동굴무덤 속으로 투신한 안
티고네의 숭고미와 '처연하게' 무대에서 퇴장하는 크레온의 비애감의 공존이 소포클
레스가 궁극적으로 발견한 "불가사의한"(deina) 인간의 모습이 아니었을까.

역자에 대하여

강태경은 고려대학교 영문과를 졸업하고 미국 오하이오 주립대학교 연극학과에서 셰익스피어와 르네상스 연극사로 박사 학위를 취득했다. 셰익스피어 당대 연극의 사회문화사 및 현대 셰익스피어 공연들에 대한 연구를 수행해왔으며, 최근에는 현대영미드라마에 대한 공연학적 연구를 병행하고 있다. 드라마터그로서 국내 공연 제작에도 참여하고 있다. 현재 이화여자대학교 영어영문학부 교수로 재직하고 있으며, 두 차례에 걸쳐 강의우수교수로 선정되었다. 동교 통역번역대학원장과 언어교육원장을 역임했고, 한국연극학회 학술이사와 셰익스피어학회 공연이사 등을 지냈다.
저서로는『에쿠우스 리포트: 런던발 뉴욕행 1974』,『브로드웨이의 유령: 한 연극학자의 뉴욕 방랑기』,『연출적 상상력으로 읽는〈밤으로의 긴 여로〉』,『〈오이디푸스 왕〉풀어 읽기』,『현대 영어권 극작가 15인』(공저),『셰익스피어/현대영미극의 지평』(공저), 역서로는『안티고네』,『만인/빌라도의 죽음』,『햄릿』,『리처드 3세』,『리처드 2세』,『타이터스 앤드로니커스』,『아테네의 타이먼』,『에쿠우스』및『서양대표극작가선』(공역)이 있다. 무대 작업으로는〈오이디푸스〉,〈안티고네〉,〈리처드 2세〉(이상 국립극단),〈꼽추 리처드〉,〈세일즈맨의 죽음〉(이상 예술의 전당),〈유리동물원〉(명동예술극장) 등이 있다. 학술논문 "Enter Above: 셰익스피어 사극에 있어서 시민들의 자리"로 셰익스피어학회 우수논문상(2000년)을, "누가 나비부인을 두려워하랴: 브로드웨이의 '엠. 나비' 수용 연구"로 재남우수논문상(2003년)을 수상했다.

안티고네 *Antigone*   값 13,000원

2018년 8월 20일 초판 1쇄 발행
2021년 3월 10일 초판 2쇄 발행

역　자　강 태 경
발행인　김 혜 숙

발행처　홍문각
등록번호 제2020-000233 (2014년 10월 29일)

주소: 서울 서초구 강남대로 309 코리아비즈니스센터 1715호
전화 02-3474-6752, 팩스 02-538-5810,
E-mail hmgbp@hanmail.net
ISBN: 979-11-88515-07-3　03840

＊저자와의 협의에 의해 인지를 생략했습니다.